优格女生轻小调
目录

青木如夏
那被岁月覆盖的花开，一切白驹过隙成为空白。

林豆豆不想剪短发	文◎夏小肉	002
花是树的心事	文◎慵懒的猫	009
等风吹净沙	文◎林 文	013
六月的蝉	文◎影子快跑	022
没有鱼陪你看海洋	文◎刘宇昕	027
莫可可小姐的远方	文◎风为裳	036

浅吟轻唱
用真诚浇灌的浪花，可以飞溅起整个海洋。

你看你看月亮的脸	文◎骆 可	042
芹菜姑娘的摇滚范儿	文◎叁川光树	046
流年浅唱一曲离殇	文◎陌上桑	051
老兵与月桂树	文◎桃墨曦	058
秘密长成蛰伏的毒草	文◎薏苡薇	065
我以为我们长大后就不会再哭	文◎麦 九	075

目录

流绪微梦
每个人的青春都是一场无法复制的经典。

如果这个世界只剩我和你	文◎寒飞飞	082
时光的隔壁，住着老去的少年	文◎猪小浅	091
洛晓小的G小调	文◎羽 沐	096
永远在耳边	文◎小河丁丁	102
路过企鹅家族	文◎似水无痕	111
壁花姑娘与树懒男生	文◎木千容	116

潇潇牧雨
成长里总有快乐的音符在光阴中停留。

男神遇上了路人甲	文◎李阿宅	122
撒小北的梦醒记忆	文◎宝小盒	128
最美不是下雨天	文◎陈 茜	133
独角兽小姐的隐秘成长	文◎孙晓迪	138
一场青春的病	文◎凌霜降	143
如果你是世界上睫毛最长的忍者神龟	文◎王晓芳	152

落寒初忆
时光的看板，粘贴了年少的梦境。

梅花·风铃·剑	文◎因可觅	162
洗心菜鸟升职记	文◎旖旎心情	171
蔷薇花下，为爱永眠	文◎冷 泪	178
刀锋下的等待	文◎余显斌	186
双面绣	文◎顾 鹰	193

青木/如夏

青春像是一条澄澈的溪流，贪玩的我们不小心在里面撒上了沙子。然而，风会不断地吹来，涤净流水，等风吹净了沙子，青春的河依旧会流淌不息。

优格女生轻小调

不想剪短发
LIN DOUDOU BUXIANG JIAN DUANFA
文◎夏小肉

1

"你想都别想!不可能!"林豆豆将手里的筷子拍到饭桌上,起身大步流星地往门口走去。临出门前,她又握着门把手转身冲饭桌前的爸爸喊道:"你是为了评优秀教师才这么做的,对吧?你知道在学校的贴吧里,最热门的帖子都是讨论你的吗?留言足足有四十多页呢!"

林豆豆忍住随时可能会夺眶而出的眼泪,学肥皂剧中的主角用那种嘲讽的语气说出这番话后,瞄到爸爸脸上闪过错愕的神情。爸爸这细微的反应让她有点儿小得意,她觉得自己这次可算是占了上风。抢在妈妈开口说话之前，林豆豆用力关上防盗门，握着垂到腰间的长发，头也不回地跑下楼。

对于金城中学的学生来说，初中三年里最大的"灾难"恐怕就是碰上本校"最令人闻风丧胆的教务处主任"了。而对于林豆豆而言，远不止如此，因为这位教务处主任是她朝夕相处的老爸！

学校贴吧里有人发帖这么说："一中最著名的是篮球队，二中最著名的是升学率，而我们金城中学则是以有个'超级无敌变态的教务处主任'而'扬名天下'的！他拥有堪比'基因改造人'的旺盛体力和媲美'007特工'的侦察力，每天早晨板着一张'门神脸'站在校门口查勤，上课期间穿梭于各个楼道。当我们走神儿时，回头望教室后门一眼，十有八九会撞上他那猎鹰一般不怒自威的眼神。"

因为他一直板着脸，所以学生们私下都称他为"阿板哥"。

成绩中等又长相平平的林豆豆，按理说应该是班上极易被忽视的学生，可偏偏摊上这么一位老爸，她不得不时刻注意言行。她在学校里小心翼翼，生怕犯错，像抄作业、上课传纸条这类事从不敢做，她觉得所有人都盯着她。更让她难过的是，都到初一下学期了，她仍没交到什么好朋友，不知是不是同学们觉得她私下会向"阿板哥"打小报告的缘故。

对于以上这些她自认倒霉，可没想到新学期才刚开始，老爸竟在全校范围内规定："为让学生集中精力在课业上，男生一律理平头，女生一律剪齐耳短发！"林豆豆觉得这摆明是冲着她来的，一头长到腰际的乌黑发亮的头发是她身上唯一令人羡慕的地方了，而他竟然连她这点儿骄傲也要剥夺。

"这也太过分了吧！"一阵委屈的情绪涌上来，林豆豆把刚捡起来的榕树种子抛向地面，试图把不满发泄出去。

"嗷——女侠饶命！"豆子纷纷落地的瞬间，林豆豆被这突如其来的声音吓了一跳。

她环顾四周，才发现太阳已落山，自己从家里跑出来后竟躲在公园的角落里哭了这么久。夜幕下传来的声音，让恐惧一点点在她心底扩散开来。

优格女生轻小调

"这位肇事的小姐，请不要假装看不见我好吗？"林豆豆以为自己产生了幻听，不料那声音又一次传来。像一盆冷水从头泼下来一样，林豆豆在原地站定，她胆战心惊地扫视地面。

"这里！这里！"一个只有拇指大小的泥色小人儿站在一堆榕树种子中间，当他朝林豆豆示意时，又一次不小心踩到一颗圆滚滚的种子，摔了个大马趴。

"嗷——你这个扫把星！"在他的脸和地面亲密接触前，他不忘充满怨气地把这句话说完。那小家伙迷你的身形和滑稽的动作，让林豆豆彻底把恐惧抛到一边。如果这家伙真是妖怪的话，恐怕也属于法力低到被同类鄙视的那种吧？这么想着，她竟憋不住笑了出来。

"你真是够了啊！"小家伙迅速站起来，拍拍身上的泥土，为掩饰尴尬还翻了一个白眼。

"哈哈哈哈……对不起，我不是故意的。请问，你是精灵吗？"林豆豆一边说，一边下意识地将手放在腰部，比出蓬蓬裙的形状，然后伸出双手像翅膀一样扇了两下。

"长翅膀、穿裙子的叫花仙子！精灵可不只有穿裙子的女生，我一看就是纯爷们儿好不好！我是地精！地精！"看着笑得前仰后合的林豆豆，小地精更加气不打一处来。

"地精，对不起，我真不是故意的。"林豆豆看着还身陷榕树种子堆里的小地精，觉得有些不好意思。

"道歉如果有用的话，还要警察干什么！"小地精把下巴抬得老高。

"不对啊，我们人类的书籍里有很多关于你们小精灵的故事呢，你们的使命不是维护世界和平、帮助人类实现愿望吗？原来这么小气呀！"林豆豆想起那些在童话书中看过的故事。

"维护世界和平是超人的使命吧？我们精灵最多也就帮点儿小忙而已，况且，我还是等级最低的连飞行都不会的地精……"小地精的声音越来越小，最后简直成喃喃自语了。

"那你可以帮我实现愿望吗？"尽管如此，林豆豆还是一下子就抓到了重点，两眼放光。

"人类果真是自我意识过剩的物种啊,今天我总算领教了。难道你不觉得你刚才冒犯了我,现在要求我帮你实现愿望,听起来像天方夜谭吗?"小地精摆出一副酷酷的表情,简直比林豆豆班上那个最惹人讨厌的男生还欠揍。

"不过,也不是完全没可能啦。"小地精话锋一转,"如果你愿意提供食宿的话,要我帮忙也可以。"

"食宿?"林豆豆完全不在状态。

"怎么,有问题?"小地精作势要离开,可肢体动作显得很僵硬。林豆豆觉得这做派似曾相识——对,这完全和妈妈买东西时跟店家讨价还价的样子一模一样。

"回来,回来!"林豆豆学起店家招呼客人的架势,"提供食宿是小问题,我就当养个小宠物好啦。你爱在我家住多久就住多久,想吃什么就吃什么。"她上下打量着小地精,最终还是觉得先确认一下比较保险,"对了,你食量不大吧?"

"你就这么小气?"

"不是啦,我是怕你被我的家人发现,到时候我爸会直接送你去研究院的!"林豆豆担心小地精不知道研究院是什么地方,又开始动手比画,"话说,你今天遇到我之前,住在哪里啊?"

"哦……我叫糯米。"小地精闪烁其词,这更让林豆豆确定他一定有事隐瞒。不过,她现在可没心思刨根问底,毕竟有更迫在眉睫的事情要面对。

3

"烹饪果然是人类最博大精深的学问之一啊!"糯米四仰八叉地躺在抱枕上,用手揉着那膨胀了五倍的肚皮,"遇到我你真是走运,你要我帮什么忙呢?"

看来,精灵界也存在"人情世故",糯米不就产生"吃人嘴短"这种情绪了吗?

"你小声点儿!"林豆豆压低声音,眉毛不由自主地皱在一起。

"没关系,他们听不到,现在就你能看到我。"糯米扮了个鬼脸,"不过,我的法力不高,那种特别难的难题可处理不了。"

"你说什么?"当糯米听到一脸苦大仇深的林豆豆嘴里吐出来的竟是"我不想剪短发"这六个字时,差点儿从抱枕上滚下去。

糯米含糊地说了一句"包在我身上"后便倒头睡去,打起呼噜。林豆豆连忙用手指戳糯米的背："你醒醒啊！真没问题吗？"

"我最近忙毕业作业，都没好好睡觉，你让我先睡一下。"大概是睡迷糊了，糯米没由来地冒出这么一句。

林豆豆那晚睡得很不安稳，她总觉得糯米这家伙不靠谱。

出于对糯米的不信任，林豆豆在糯米施法之后，仍决定自己动手。她学着时尚杂志里教的那样，先把头发扎成松软的辫子，然后把发尾使劲往回掖，伪装成齐耳的冬菇发型。

林豆豆低着头，藏在拥入校门的人潮中，竟然成功躲过了守在校门口检查仪容的老爸的火眼金睛。

"你真是我的幸运星！"林豆豆扭头看着坐在她肩膀上的糯米，压低了声音说。

"这招叫作'视觉屏障术'，在大家眼中，你就是留着短头发，厉害吧？"糯米打了个哈欠，好像这对他而言只是小菜一碟。

对了，在学校里让林豆豆倍感压力的并不止老爸一人，那个性格非常讨人厌的男同桌也让她头痛。这不，她才刚放下书包，他就立刻发出阴阳怪气的声音："阿板的女儿果然不好当，昨晚被押去剪头发了哟！"

林豆豆刚想回嘴，却意外地发觉同桌居然愣住了，小声嘀咕了一句："剪短发后居然变可爱了。"这句话，对林豆豆来说，像投入平静湖水里的石块。真的不难看吗？林豆豆攥着校服下摆，使劲摇摇头，像要把这句话彻底从脑中甩出去一样。

"林同学剪了短发呀！"林豆豆都快把脑袋埋进课本里了，踏入教室的班主任还是第一时间发现了这个变化。说完这句话，她特意点了班上那几个长发女生的名字，再次强调道："你们要向林豆豆学习，多把精力用在功课上。"

尽管林豆豆也不是没有幻想过有天因为某项特长而受到瞩目，但绝不是以现在这种方式……她觉得，一定有同学已识破她的诡计。这天一上午的课，林豆豆连一个字都没听进去，从脸颊到耳根都是红的。她好几次想向糯米求救，那家伙却不知跑哪儿溜达了，不见踪影。

既害怕被人识破，又担心糯米闯祸，她焦虑无比，恨不得地板裂开一道能让她躲进去的缝儿。

下午，眼保健操结束后，林豆豆一睁眼就看见四仰八叉地躺在课桌上的糯米。

"跟你讲，你老爸好像生病了！"糯米说。

"怎么会？他身体好得不得了，我长这么大就没见他生过病。"林豆豆脱口而出，好在教室里闹哄哄的，没人注意到她。

糯米坐在林豆豆的铅笔盒上，右手叉腰，身体微微蜷缩起来："他在办公室里一直保持这个姿势，还流了许多汗，汗珠都有这么大！"糯米用他豆子大小的拳头比画着。

大概是追赶哪个调皮男生时闪到腰了吧？林豆豆不禁有点儿幸灾乐祸，她怎么也没料到几个小时之后，自己竟会主动跑去发廊，毫不犹豫地剪掉长发。

那么，这几个小时中究竟发生了什么呢？还是从林豆豆推开家门的那一刻讲起吧！

看到林豆豆进门，妈妈急忙迎上来，眼睛红红的，好像哭过。她摸摸林豆豆的头发，叹了一口气："豆豆，晚饭做好了，你吃完赶紧写作业。妈妈要去医院一趟，如果很晚还没回来，你记得把门反锁好再睡觉。"

"老爸怎么了？"林豆豆心里"咯噔"一下，想起下午自己还幸灾乐祸，自责的情绪一点点涌现。

"没什么大事，你爸得了急性阑尾炎。"妈妈察觉到林豆豆的不安，立刻补上这句。

"你没看到你爸昨晚那焦急的样子。"临出门前，妈妈又回过头来，"其实，你跑出去不到十分钟他就坐不住了，急匆匆跑出去找你，直到我打电话告诉他你回来了，他才松口气。你昨晚躲在房间里，没看到他回来时满头大汗的样子。医生说，他是由于饭后剧烈运动才引发阑尾炎的，要做手术。我先过去陪他了，你别太担心。"

妈妈关上门的那一刻，糯米一脸恐慌，解释说："这可不是我施的魔法，昨晚我们才刚碰面呢。"

"我知道啦。"林豆豆眉头一皱，眼泪掉了下来。

林豆豆能够想象，昨晚她离开后，爱面子的爸爸本想当什么都没发生，但很快就焦躁起来，坐立不安。他一定十分挣扎，一方面想维护做父亲的尊严，另一方面又紧张不安，最终还是选择追出去。那时他也来不及考虑，若真追上女儿，他该用什么口气说话呢？教训不合适，示弱又不是他一贯的风格……

也许是因为同桌那句"剪短发后居然变可爱了"；也许是因为明明靠着糯米的法力掩人耳目，反倒被老师当楷模来表扬，林豆豆深感不安；也许是因为想起昨晚那个在爱和尊严之间挣扎的爸爸……总之，最终林豆豆心甘情愿地剪掉了长发。

尽管，很多时候她觉得爸爸真是太讨厌了，但她可不想因为自己而让他在学校里威风扫地——要知道，他可是这个世界上最爱面子的家伙。

林豆豆奔向发廊之后，糯米看见从门缝钻进来另一个小身影。

他有着和糯米相似的体型，看起来比糯米稳重、成熟许多，虽然板着脸，却怎么都掩不住激动的神色。

在与糯米四目相接时，他依旧保持严肃，可当他发现糯米慌忙转身想要逃跑时，那些矜持和尊严被他一下子全抛在脑后……

"儿子，回家吧！"他有些失控，接着又补充一句，"你妈妈很担心，非要我出来找你。"

糯米偷偷地笑了——天底下的老爸果然都是同一副德行，不论是人类还是精灵。

不过，很快糯米的眼睛湿了。

这下，他也真切地感受着和林豆豆一样的心情。

花是树的心事

HUA SHI SHU DE XINSHI

文 © 慵懒的猫

1

晴朗的早晨，风还有点儿凉。春夏之交的短短时间里，走在去往教学楼的那条林荫大道上时，夏米惊奇地发现两旁的泡桐树都已经开花了！有人在背后叫她，问她班级合唱的事情。她转身，一个不小心，就和旁边的人撞上了。

"同学，对不起！"夏米连声道歉。可还没等她抬起头来，被撞的男生就毫无回应地走了，只留夏米在原地发愣。多么美好的一个早晨，却被那个家伙毁了。夏米刚坐到座位上，气还没消，班主任就到教室了，跟着走进来的还有一个高高的男生，正是夏米早上撞到的那个人。"这是从十九中转学来的新同学——张亦朗。"

十九中？就是那所以打架逃学闻名的十九中！同学们都瞪大了眼睛，像打量外星来客般观察着男生。果然"不负盛名"啊，那个叫张亦朗的男生眼睛里写满"生人勿近"的戒备,对大家的掌声毫不理会,居然连自我介绍都没说,直接坐到了夏米身后的空座位上。

班主任也无可奈何,只能转移话题,"下午放了学是班级合唱的排练时间,每个同学都要参加,不准缺席。"

作为班级的文娱委员,组织合唱就是夏米的本职工作。放学铃一响,其他同学都收拾了东西向小礼堂走去,只有张亦朗懒洋洋地走向教室后门。"喂,你不能走,要去排练的!"夏米喊道。可张亦朗连头都没回就走了。

夏米万万没有想到,那个不说话,总是一脸冷漠的张亦朗会在她身陷窘境时,挺身而出,上演"英雄救美"的戏码。

为了筹划好青年节的合唱比赛,文艺部开起了车轮会。那次开完会,天已经黑透了。等她走到巷子口的时候,巷子里时不时传来犬吠,夏米觉得恐惧,不禁加快了步子。

突然一个黑影从角落里蹿了出来,发出低沉的嘶吼声。天哪,哪儿来的流浪狗?夏米吓傻了,脑子里一片空白,只听见后面有人喊了句:"快上车!"一辆银灰色的自行车"唰"地停在身边,夏米没来得及犹豫,立马跳上了自行车的后座。

车子加速向前,她还未惊魂未定说声谢谢时,骑车的男生已"唰"地把车停了下来。"下来。"声音里没有任何起伏。夏米晕晕乎乎地下了车。路灯下,她才看清,原来面前的男生居然是张亦朗!

"那狗应该追不上来了。"他垂着眼睛,用力蹬着踏板,又一溜烟地飞走了。

夏米发着愣,这可是她第一次看清他的样子,听到他的声音。他的声音可真好听啊,没有这个年龄变声期的尴尬,脆亮清澈得如同一口咬在黄瓜味的薯片上,无法掩盖其中的感染力。

第二天傍晚,夏米去车棚等张亦朗,想让他参加班级的合唱排练。可最终,张亦朗还是拒绝了夏米。

夏米决定跟踪张亦朗回家。她一路跟着张亦朗，可他却没直接回家，而是走进了一家酒吧。

那晚，夏米不仅知道了张亦朗在该酒吧做驻唱歌手的秘密，她还知道了他是和年迈的外婆一起，住在桐梓路路边那所"破"名昭著的房子里。

那简直不能算是间房子，背靠着路口的那棵大泡桐树，乍一看就是个简陋的工棚。靠近路边一面的木架上还陈列着一些烟酒饮料，张亦朗的外婆就以贩卖这些小副食维持生计。剩下不多的空间里，随意摆放着杂什，就是一家人吃饭休息的地方。

后来，两人渐渐熟悉起来。张亦朗说："我的梦想是可以弹着吉他，做个流浪歌手，写出最动人的民谣。"那是张亦朗第一次在她面前笑，他的酒窝盛满了月光，他的眼睛就像星星一样明亮。

"加入我们的合唱队吧。"夏米说。这一次，张亦朗没有拒绝。

合唱比赛，他们班毫无意外地拿到了第一名。那晚，班主任请客，一伙人去了外面吃饭。回去的路上，夏米和张亦朗正好同路。到夏米家楼下时，她让他在楼下等一会儿，她跑上去，拿下来一把红色的吉他。

"送给你的。"她怕他拒绝，慌乱地说完就跑回了家。

第二天上课时，张亦朗把那把吉他背来了学校，他想谢谢夏米的好意，把红色吉他还给夏米。

可没等他走到夏米身边，班里的"小霸王"马佳就一个箭步冲到他面前，揪着他的衣领，指责他偷了他的500元钱。

有同学问马佳："你有什么证据？"

"他个十九中的小混混，昨天吃饭时，就他坐在我旁边。"多数同学显然没有被这个理由说服，马佳急眼了。他四下张望，终于在张亦朗的座位后发现了救命稻草。"你们看，新吉他！不偷他这个穷小子哪买得起！"他把吉他从包里拿出来，鲜艳的红色差点儿让夏米睁不开眼。

优格女生轻小调

　　所有人都不说话了，一把吉他就让马佳实现了逆转。马佳得意地斜睨着张亦朗："要说这吉他是你买的，绝对不可能。你要说是夏米送给你的，我还能相信。同学们说对不对呀？"人群里的笑声像掀起的海浪，把夏米打翻在海底。她愣住了，看着这么多双虎视眈眈的眼睛，她不敢承认。面前熟悉的同学此刻就像洪水猛兽，是谁给了他们如此复杂的心思？她、张亦朗，他们两人之间只有单纯的友谊，这把吉他也只是朋友间普通的礼物，这些事实说出来，他们会信吗？

　　"要问我爱你有多深，吉他代表我的心。"不知是谁的回应，让张亦朗彻底愤怒了。他一拳打在马佳骄傲的鼻子上，抢过吉他，跑出了学校。

　　一整天，张亦朗都没有回来。泡桐花一朵朵地落了。夏米望着窗外，入迷地看着它们和大树一一告别，突然有些难过。

　　张亦朗再也没有回来。他外婆的眼疾又加重了，他只能去广州打工挣钱。

　　他在工地挖煤块，扛砖头，比很多成年人都要努力。每天晚上是他最快乐的时候，因为他可以和工友们坐在月亮下，弹红色的吉他，唱自己的歌。他的音乐，甚至能让那些五大三粗的汉子们，都流下想家的泪来。

　　他和夏米再次遇见，是在第二年泡桐树又开花的时候。外婆过世，张亦朗回来奔丧，就在旧房子旁的泡桐树下，他们遇见了，有一搭没一搭地寒暄着。他突然说起了这个小镇最常见的泡桐树。

　　"别看树这么沉默，它们也是会说话的。"夏米蒙了，张亦朗自顾自地说，"叶子是树的语言，花是树的心事。花的美就像心事一样，树藏不住心事，它就开花了。"

　　那时正好下过雨，泡桐花落了一地，就像一条无边浪漫的地毯。张亦朗站在这样的地毯上，转头笑着问夏米："你知道泡桐花的花语吗？"

　　几年后，夏米才在一本如同法典般厚重的大书中找到答案。只可惜，她早已离开了小镇，在大城市当起了教书匠，而张亦朗也成了地产公司的老板。

　　也许你要问，泡桐花的花语到底是什么。夏米没有告诉我，她常说，聪明的孩子，要自己去寻找答案。

接到许安安电话的那一刻，我有些恍惚，几乎以为自己看错了。两年来不曾在我手机上闪烁的名字，伴着急促的铃声和阿狸的头像突兀地闪进了我的视线。

手机一直响着，我心里犹豫不决。时隔两年再接到她的电话，对我来说，实在是一种挑战。我盯着手机上的号码看了足足有三十秒，熟悉的数字在过去的七百多个日子已经被时间慢慢蒸发、淡化，如今已经变得无比陌生了。

铃声停止，对方挂断了手机。屏幕亮了一会儿，回到了主界面，最终显示为陌生人的未接来电。忍住拨回去的冲动，我颓然放下手机。口中却不由自主地叫出那个人的名字：许安安。

许安安曾经问过我，什么是闺蜜。当时我觉得她无聊就没搭理她。于是，她一边狂笑一边用抄袭张爱玲的话解释给我听："闺蜜就是你于千万人之中，遇见你要

等风吹净沙

文◎林文

DENG FENG CHUIJING SHA

优格女生轻小调

遇见的女孩儿。"许安安痴迷张爱玲到癫狂的地步，每日耳濡目染之下，我被迫将这句话记得死死的。

我想，许安安就是我于千万人之中遇见的那个女孩儿。

第一次见她是在高一开学的班会上。班主任站在台上首先做自我介绍："各位同学，很高兴能在新的学期和你们见面，我将是你们未来三年的班主任。我叫林之！"

"林平之？"台下忽然有人叫了一声，全班同学哄的一声笑了。我一边捂着嘴，一边偷看班主任的反应。遇到这种嘲笑，他脸该气绿了吧！

出乎意料，班主任并没有生气，反倒是好脾气地笑笑："每次接高一新生的时候，都会遇到这种情况，鉴于金庸老先生的大作，大家对我的名字格外敏感些。这位同学会误会，也在我意料之中。没关系，是哪位同学说的？站起来，我再为你做一次自我介绍。"

台下的目光唰地一下集中到我这里，我的脸噌地红了。刚想开口说不是我，身后就有一个微弱的声音传来："是我说的，老师。"

我回头看，身后靠窗的位子上坐着一个女生，唇红齿白的，长得很漂亮。此刻，被全班关注的她脸色绯红，更显娇羞。

眼见是个美女，班里的男生不由得发出"哦哦"的声音，惹得那个女生更加脸红，头几乎低到座位下面去了。

班主任大概没想到会是个漂亮女生，依然和蔼地笑着："原来还是个女生啊！我以为是哪个男生恶作剧呢！想你也不是故意的，我再说一遍，你可要听好了，我叫林之，不是林平之。"

"灵芝？千年灵芝？"女孩儿小声地问道。

教室里忽然安静了，片刻后，同学们都仰头哈哈大笑起来，笑声较之前有过之而无不及。伴随着笑声，我回头再去看那个女孩儿，她微低着的脸上，嘴角上扬，同样勾着一抹肆意的笑容。

这个女孩儿便是许安安。

本以为那天之后，班主任肯定会非常讨厌许安安的，毕竟没有谁在别人当众戏

弄自己之后还能对之和颜悦色的，更何况，嘲弄自己的还是自己班上的学生。

然而，我想错了。班主任非但没有讨厌许安安，反而对她出奇地优待。平日的嘘寒问暖就不说了，时不时地把她叫到办公室私下为她授课讲题更是家常便饭。我十分不解，对这样一名可以说是问题少女的学生，班主任哪来的这么好的度量。难道真是教师的道德操守使然？

一个月后，我得到了答案。

开学后的一个月，按照惯例，是要进行摸底考试的。考场设置是根据入学成绩来划分的，每个考场二十个人，按成绩排座位，许安安在第一考场的第五个座位。我终于明白了，班主任对许安安的区别对待完全是因为她出色的成绩，校排名第五的成绩足够让他能够培养出一个考入名校的学生，也是最有潜力成为他教学生涯中的又一枚硕果。

月考成绩出来，许安安果然没让班主任失望，入学考试排名全校第五的她居然还上升了两个名次，荣升全校第三。她的答卷被班主任复印出来贴在公示栏上，娟秀的字迹，干净的卷面被来往的同学不停地称赞。许安安的座位也被一帮好学的女生围住，个个都拿着试卷不停地向她请教问题。

我坐在座位上，瞅着试卷上让人难以接受的分数。失望和自卑狂涌而至，压住向许安安求助的念头。下唇被自己咬得生疼，我不由得转头去看许安安，幻想着这一刻，她会感受到我的目光走过来。

然而，这一切并没有发生，一切都是一个差生对一个优等生的幻想，希冀能够得到帮助的愿望，从来没有实现。

好强的我因为自卑，在月考结束的一个礼拜都在躲避着许安安。其实也说不上是躲，因为许安安从来没有注意过我，所以对我刻意的远离，她没有什么感觉。甚至，刚开学一个月，她都不知道班里还有个如此沉默而平凡的我。

等到她真正注意我的时候，她已经是班里新当选的班长了。

当上班长的许安安变得更加热心起来，她按照从班主任那里要来的月考成绩单挨个儿找同学谈话。那一段时间，下午放学后，她并不立刻去吃饭，也不做题看

优格女生轻小调

书，反倒是拉着某位同学去操场，说是要进行思想了解。

思想了解？她以为自己是德育老师还是教导主任？真是不自量力，仗着自己成绩好，就可以教训别人了吗？她真是像极了优等生一贯的高傲自大。

揣着这种想法，等许安安拉我去操场的时候，我的态度显得无比恶劣。

那天下午五点半，数学老师讲完了练习题，准时下课。同学们蜂拥出教室，去食堂吃饭，或是骑车赶回家。我课上有几个地方没听懂，准备好好看看再去吃饭。

许安安的声音忽然在耳边响起："程静，你不着急去吃饭吧？"

我以为是好心邀我一起去吃饭的同桌，于是头也没抬，"嗯"了一声："我等下再去，你们先走吧。"

右臂忽然被人拽住，我惊讶，一抬头看见许安安微笑着的脸。

"既然不着急吃饭，那和我出去一下吧，我有事和你说。"

说完，也不管我愿不愿意，扯着我的胳膊只把我往外拖。她人不大，个子小小，手上的劲儿却出奇地大。我被她拉着，想挣也挣不开，迷迷瞪瞪，被她拖到了操场。

"有什么事？在教室里不能说吗？非要到这儿来。"我有些恼怒，一路被许安安拉扯的右臂，隐隐作痛。我气恼地揉着胳膊，瞪着许安安。

"这是——"许安安从口袋里掏出一张纸，是月考的成绩单。我见状立刻明白，冷声打断她："你要来分析我的成绩吗？你想用这个来教训我吗？"

许安安大概没想到我会发火，一时间有些愣怔。我越说越气，指着她道："成绩好了不起吗？成绩好就可以教训别人吗？你想来教育我，我偏不领你的情。"

许安安半张着嘴，似乎想说什么，却什么都没说。我怒视着她，她把成绩单递到我面前："我没有别的意思，我只是想帮你，毕竟我是班长。"

她可怜兮兮地解释，我一时有些心软。的确，许安安这么做是想帮我，只是她的方式和态度伤害了我过于强烈的自尊心。我深吸一口气，平复了一下心情。

许安安见我似乎不那么生气了，才小心翼翼地问我："你是不是讨厌我？"

我一愣，讨厌许安安？说不上。喜欢她？不至于。充其量，只是对她这样优秀的女孩儿有些羡慕和嫉妒罢了。

我摇头："不是，我只是不像其他同学那么喜欢你吧。你不是挺受大家欢迎的吗？也不必在意我的看法吧！"

许安安"扑哧"一下笑了，她歪着头看我，说："你这话听起来，倒像是你在嫉妒我！"谁嫉妒你？我刚想反驳，忽然想到这是事实。难道不是吗？我的确是嫉妒着她。

许安安见我不说话，收敛了笑意，沉默片刻，忽然开口道："程静，如果我跟你说，我之所以会有这样优秀的成绩是因为我是从高中退学重读的，你会不会不那么讨厌我？"

空气似乎眨眼间静止，我耳边飘来许安安的声音也变得不真实起来。我诧异地瞪大眼睛，眼珠几乎都要掉出来了。刚刚听到的重磅消息，瞬时在我脑中掀起一场狂风。

"什么退学重读？你什么意思？"

许安安的神色瞬间黯淡起来，她叹了一口气，"其实，我并不是新生。我之前在别的学校念过一年高一，后来，因为一些事退学，重新上初三，然后和你们一起考到了这里。"

"你为什么会被退学，明明这么好的成绩？"我心中诧异。

"因为一些乱七八糟的事，你不会喜欢听的，我也不想再提。"许安安笑道，"其实，我原来的成绩也不好，只是比你们多学了一年，多少占些优势罢了。"

我还是有些怀疑："你不是也十六岁吗？怎么会比我们高出两届来？"

许安安哈哈大笑，"那是因为，我谎报了年龄啊！要是不骗你们的话，我的旧事不就被你们挖出来了？比你们大两岁，让我的面子往哪儿搁！"

我哑然。

那天之后，我和许安安的关系亲密了很多。也许是交付了秘密的原因，许安安在我面前，明显自然多了。有时候，在人前，她是一副有担当、有责任心的好班长形象，到了我这儿，就成了一个只知道耍赖的小气鬼。男生跟前的娇羞文静也在我面前荡然无存，无数次地当着我的面大呼小叫，半点儿淑女样子都没有。

我成了许安安最亲密的朋友，也成了某些同学艳羡的人。许安安的美貌早在开学之初就已经传遍全班，经过了月考，她更是被冠上了才貌双全的称号。学校的优秀学生展示栏上，她的照片被贴在第一排。来往的男生经过这里，总会不自觉地瞄上两眼。

　　高一相较高二、高三还是轻松许多，不需上课的周末，总是有莫名其妙的男生出现在我们班的窗前。也不找人，也不走，来来回回地逡巡，还不时地探头进去。

　　我知道，他们都在看许安安。

　　这些人的来访，许安安丝毫不放在心上，面对各式热烈的目光，许安安一概冷眼相对，时不时地还狠狠地瞪回去。

　　我问她，为什么不接受。

　　她说，自己只想好好读书，不想谈感情。后来，我才知道，许安安之所以会被退学，就是因为两个男生因为她斗殴，导致双双受伤休学。她作为始作俑者，必然在学校里待不下去。

　　没有喜欢的男生，我以为许安安会分外珍惜朋友，我们的友情会这样持续下去。可是没想到，高一结束的那个暑假，我们便结束了还不到一年的友谊。

　　暑假到来前的最后一场考试，极其重要。因为这关系到高二分班、各种奖励以及先进评比。班主任在考试前宣布，学校要组建实验班，选拔这次考试的年级前三十名学生进入其中。实验班是学校的精英班级，会配备最优秀的老师。班主任鼓励我们，务必努力考进去。

　　彼时，在许安安的帮助下，我的成绩有了很大的提升，从早先的两百名开外上升到了年级前二十名。考取实验班，我志在必得。至于许安安，更不用担心了，她从高一开学到现在，成绩从没跌出过前十，最差的一次也在第六名。所以，我们俩都对这次进入实验班信心十足。

　　即便如此，许安安还是有些担心我，我虽然成绩上升很快，但由于基础不够扎实，所以成绩总是不够稳定，再加上做题不够细心，卷面也不整洁，许安安担心我会发挥失常。我笑着安慰她，保证一定会通过，她才安心。

　　临到进考场，许安安嘱咐我要带好准考证和文具。她说，期末考试不同其他考试，是严格仿效高考模式的，所以要我务必谨慎。她坚持要检查我的文具包，生怕我漏了东西。我笑着推她离开，要她安心。

许安安的举动让我暖心，能有这么一个朋友关心，我着实感到高兴。直到监考老师进了教室，我还咧着嘴笑呢！

开考了，照例是要检查准考证的，监考老师看着准考证上的照片和我的脸比对，确定无误后才走开。

我放好准考证，正要拿笔的时候，忽然，前面的许安安叫了起来："我忘带准考证了！"

闻言，我也紧张了起来，不顾有老师在，连忙站起来，问她："你是不是落在教室里了？你好好想想，时间还来得及，你回去拿吧！"

她转头请示监考老师，老师似乎也认得她这个优等生，点了点头，放她出去。还不忘嘱咐道："一定要在开考后十五分钟回来，否则你就被取消考试资格了。"

也不知道许安安听没听到，反正她飞一般地蹿出了教室。我坐在教室里，暗暗为她着急。

时间一分一秒地过去，直到开考发卷她也没回来。又过了大约十分钟，监考老师看了看门外，没有看到许安安的踪迹，叹了一口气，关上了门。

许安安没有回来，直到考试结束，考场里也没见她的踪影。监考老师在她空白的答卷上画了一个大大的零，收了起来。

我心一紧，担心她出事，连忙一路飞奔回去，推开教室门，空无一人。

我越发担忧，许安安跑到哪里去了？刚想去寝室找找看，忽然，教室的桌椅动了一下，许安安的头冒了出来。她坐在我的座位上。

我松了一口气，有些不悦地质问她："你在这做什么？怎么不去考试？"

许安安没有我意料中的轻快神色，低着头，声音有些暗哑："是你拿了我的准考证？"

"什么？"我不明白，她抬起头，把手里的一个笔记本递到我跟前。我一看，是我的笔记本，被打开了，中间赫然夹着一张准考证。

我一下子蒙了，突然想起，昨天晚自习结束后，许安安过来给我讲解数学题，离开的时候，把准考证落在了我的桌子上，我本想还给她的，可是忍不住想让她着急一下，就顺势夹在了笔记本里。

我开口解释："安安，我不是有意的，这是你昨天落在我这儿，我顺手捡起来的。"

许安安忽然暴怒起来:"顺手捡起来,然后藏在写满我坏话的笔记本里?是这样吗?"

我愣愣地看着她,她将笔记本扔到我怀里,我接过来一看,当时就傻了。这页笔记的背面写满了字:许安安很讨厌,许安安是个自私鬼,许安安自以为是……

这完全是我的恶作剧。本来想让许安安过生日那天看到,等她生气的时候再说明事实,送上生日礼物的。没想到在这种情况下被她看到了。我连解释的余地都没有,许安安更不会听我的解释。她抢过自己的准考证,跑出了教室。

之后的几天,许安安再也没搭理我,每次我想要找机会跟她解释的时候,她都会找借口回避,甚至当众给我难堪。碰了几次壁,我也生气了,不再搭理她。心想着,等考试结束再和她慢慢解释。

最后一场考试,是英语。也许是快要放假的缘故,大家似乎都有些放松,监考老师也不来回地巡视了。当然,第一考场的学生足够优秀,不需要借助抄袭来取得好成绩。监考老师也很放心,因而,听力过后不久,他们便一前一后寻了空位坐了下来。

离考试结束还有四十分钟,我只剩下英语作文了。看了看周围,大家或在皱眉思索,或在奋笔疾书。我下意识地瞥了一眼许安安,惊奇地发现她也在看我。只不过刚一触碰到我的目光便收了回去。我心中好笑,她还是关心我吗!居然考试的时候还在偷看我。

忽然,一阵手机铃声响起,全班一震,纷纷抬起头来寻找声音的来源。我本能地望向我的上衣口袋,腹部传来的振动感表明,那部手机就在我的身上。

当时我就傻了,呆愣着掏出手机,看着屏幕上的闹钟提醒。十一点的闹钟,我从来没设过。监考老师已经走过来了,我抬头看他,他表情严肃而鄙夷:"拿出来吧!"

我几乎要哭出来了,本能地抬头去看许安安,我希望这个时候,有一个人能站出来替我说话。可是,许安安没有回头,在所有人都在看我的时候,她没有回头。我看不见她在干吗,但是,我知道,这一刻,她没有做题。

之后的一切可以预见,监考老师没收了我的答卷,判了我作弊,将我驱逐出考场。这场英语考试，我得了零分。

几天后，我才知道是谁在我手机上动了手脚。是我的同桌，借着近水楼台的便利，他拿了我的手机，设了闹钟然后偷偷放入我的口袋。

我没有怪他，因为他说，这一切都是许安安指使的。他给我看了许安安发给他的短信，事情真相一目了然。

期末考试后，我和许安安彻底绝交了。曾经无比珍视的友情在遭遇到质疑和背叛之后已经变得面目全非，再也无法正视了。

暑假归来，班主任宣布了新的消息，由于有人举报，学校的实验班计划搁浅。那场考试成了一场单纯的期末测试。

我听到这个消息，只觉得悲哀难过。这场考试葬送了我和许安安的友谊，曾经我们为之奋斗的东西成了过眼云烟，心中仿佛压了千斤重的秤砣，堵得不得了。

我们绝交后不久，许安安被她爸送去了省一中就读。我则进入了文科班学习。学业日渐加重，我们断了联系。直到高考结束，她也没给我打一个电话汇报考试情况。

前不久，我的手机显示有一条新短信，是许安安发来的：下周末我过生日，定了包房唱歌。你得到场，不来我就灭了你。

我会心地笑了，熟稔的口气一如从前。我又想起她语文作文里面的一句话：青春像是一条澄澈的溪流，贪玩的我们不小心在里面撒上了沙子。然而，风会不断地吹来，涤净流水，等风吹净了沙子，青春的河依旧会流淌不息。

优格女生轻小调

六月的蝉
LIUYUE DE CHAN

文◎影子快跑

阿丸十六岁那年的六月跟每年的六月一样,阳光里密密麻麻地爬满了蝉的叫声,一刻也不得消停,叫人无法安眠。

就在这个六月的一天,阿丸却睡过了头,迟到了。

本来这也不算什么大事,但国有国法,家有家规,高一(5)班的班主任方老师明令规定,迟到两次者,回去家教一周。

这次就是阿丸第二次迟到。方老师把阿丸领到办公室,二话不说就打电话给他妈妈:"……这是他第二次迟到了,两次的理由都是睡过了头。让他回去休息一周吧……"接下来,阿丸猜得出妈妈说的话,然后方老师接了一句:"我也没办法,这是规定。"

才半节课的时间,阿丸妈妈就赶到了学校,让阿丸带她去找方老师。

校园里的蝉此起彼伏地叫着,奇怪,它们怎么能叫得那么欢?

这时,阿丸妈妈从办公室出来了,她淡淡地说:"我跟方老师说了,你回去上课吧。我回去了……记得认真听讲!"阿丸说:"知道了。"目送着妈妈离去的背影,阿丸心里有点儿难受,他瞪着办公室的门,目光仿佛能射杀门里的方老师。

2

从那天起,阿丸就开始处处与方老师对着干。方老师说一句,阿丸能反驳两句,一节课下来能把方老师骂得狗血淋头——当然,这些复仇行动都是在心里进行的。

有一次,上完体育课,阿丸回教室晚了。这节正是方老师的课,阿丸走到门口叩了下门,径直回到座位上去了。方老师倒也没说什么,而且有不少同学的目光聚在阿丸身上,这让阿丸感到的不仅是复仇的快感,还有一丝别样的、微妙的兴奋。

阿丸想,那些看着他的同学肯定在感叹:原来阿丸这么威风!接下来就是:也许,和他交个朋友不错……

是的,阿丸没几个特别要好的朋友,只有在体育课上组队打球缺人时,阿丸才会被叫上。但即便如此,细胳膊细腿的阿丸打起篮球来技术差得不行,因此成了阿丸队友的男生总是发牢骚:"不用打了,输定了!"不缺人时,阿丸常常坐在球场边,看着体育委员,心想:我什么时候也能长出那身肌肉?

后来有一天,阿丸突然发现,身上的肌肉没长,一根根淡青色的胡须却悄悄地爬到了嘴唇上面——这个发现让阿丸有点儿惊喜,又有点儿担忧。虽然班上有不少男生早就长出了显眼的胡须,但阿丸觉得长了胡须的男生都很难看,可剃了又不行,听说越剃,胡子就长得越粗。如此纠结了好几天,阿丸发现自己的胡须并没有多旺盛的生长趋势,这才稍稍放下心来。

凡是方老师的课,阿丸都不爱听了。他在练习本上画了一只靶子,靶心画上方老师那张有着四个直角的脸,再用笔把它戳得千疮百孔,方老师仿佛成了他不共戴天的仇人。

阿丸甚至觉得同桌王小良也变得讨厌起来了,因为方老师是教语文的,而王小良是语文课代表。阿丸决定捉弄一下王小良。这天,离上课还有三分钟,王小良上厕所还没回来。阿丸瞄了瞄四周,没人注意自己,于是他偷偷把王小良的语文课本藏了起来,然后装作若无其事的样子。

王小良回来了,开始在书包里翻找语文课本。这时,上课铃响了,方老师踏着铃声走进教室。教室里顿时安静下来,方老师注意到王小良的小动作,便问:"王小良,你在干吗?"

王小良犹豫了一下,站起来说:"方老师,我的课本不见了。"阿丸心里窃笑,在一旁幸灾乐祸。

"没事,你跟潘小丸看同一本吧。"方老师让王小良坐下。

为什么不罚她,还要她跟我看同一本书?阿丸感到愤愤不平。可是,王小良似乎没注意他的表情,轻轻地说了声:"谢谢。"

这句"谢谢"突然给阿丸内心带来了一丝罪恶感。

在六月过了一半的时候，王小良迎来了她十七岁的生日。

王小良生日那天，据阿丸的不完全统计，她一共被叫出教室十二次，来的人都是送礼物或者给她庆生的。半天下来，王小良的课桌上摆满了各种各样的礼物，卡夫、奥利奥、奶茶、阿尔卑斯，起码半数以上是阿丸没吃过的，还有阿丸叫不出名字的五颜六色的小玩意儿，当然这些都是阿丸偷偷瞥到的，别人看到的是阿丸一脸不屑地坐在自己的座位上，连头也不扭一下。

阿丸想起了去年自己的生日。那天，阿丸除了上厕所就没离开过自己的座位，礼物就更不用说了，连一句"生日快乐"都没听到。后来，只是和妈妈去肯德基吃了一顿，生日就这么草草地过了。

不，阿丸想，比起王小良，自己过的根本不是生日！

不过，阿丸还是有自知之明：自己是谁，人家王小良又是谁？外貌平平、成绩平平的阿丸，仿佛来到这所学校就是为了打瞌睡。而王小良呢？成绩好不说，人长得又漂亮，声音还特别甜，这样的女生，谁都想亲近吧。

"喂，阿丸！"自习课上，王小良的声音打断了阿丸的臆想，她把拆封了的奥利奥递到阿丸面前，说："你吃吗？可好吃啦！"

阿丸愣了一下，有点儿不知所措，他答道："不……不要。"

王小良转身把饼干递给了坐在后面的女生。

阿丸的耳根都烧红了。"王小良为什么给我吃？天，她该不会是喜欢我吧。""别傻了阿丸，人家不是也分给了其他人吗！""不过……其实看起来，王小良也没有那么讨人厌啦，喜欢语义可是人家的权利！"阿丸的心里不时冒出几种声音。

"喂！阿丸，"王小良再次打断了阿丸脑海里的天马行空，"今天是我的生日。"

"我……我知道啊。"

优格女生轻小调

"做了一年的同桌,你难道就不表示一下吗?"

"我又不会送礼物……"

"不是这个啦,起码要有一句'生日快乐'吧。"

"对了,"阿丸笑着说,"要不,我给你画张画吧。"

王小良"扑哧"一下笑了:"你会画画?"

阿丸把白纸和铅笔拿了出来,命令道:"表情自然点儿,十分钟内脸部不许动!"

看到阿丸认真的表情,王小良真的不敢乱动了。阿丸马上开始在纸上画了起来。

五分钟过后,王小良问:"行了吗?我受不了啦!"

"别催。"阿丸说。

又过了三分钟,王小良又问:"再不让我动,我就快变成僵尸了!"

阿丸"呼"地把纸上的橡皮屑吹掉:"大功告成!"

王小良接过画一看,是一张漫画,她惊讶地说:"好厉害!"

在见识过阿丸的画技后,同学们接二连三地来找阿丸,请他给自己画漫画。阿丸也乐此不疲,因为画画是他最大的爱好。

六月接近尾声了,阿丸在班上越来越受欢迎,他渐渐发现,之前的许多烦恼,只不过是自己把烦恼放大了而已。

这节语文课上,方老师讲了一个故事:"有一位老婆婆,她有两个女儿,大女儿卖雨伞,小女儿卖帽子。她总是感到很烦恼,下雨天她担心小女儿生意不好,晴天她又担心大女儿的雨伞卖不出去。有人告诉她,只要是雨天,大女儿就有好生意,一到晴天,小女儿就能赚到很多钱,你应该感到开心才是啊。老婆婆一想,果然不再烦恼了。"

阿丸笑了笑,他在下面偷偷画着方老师的漫画像,并在落款处写了一行飘逸的字:送给敬爱的方老师。

阿丸看向窗外,这时六月的蝉依然在亢奋地叫嚣着,蝉鸣声爬满了整个夏天。这让阿丸有一种错觉,不知道是夏天带来了蝉,还是蝉带来了夏天。

如果鱼不在

如果有一天，蔚蓝的海洋变得静谧，无鱼穿流而过，单调的海水拍打出的节奏是不是都会显得万分落寞呢？

那些爱海洋、爱自由、爱幻想的人们啊，没有鱼在，谁来陪你看海洋？

双鱼爱海洋

花水绘第一次回家是在十三岁那年。你或许会问，这女孩儿难道前十三年都是在外面流浪吗？

当然不是。花水绘前十三年都是和外公外婆生活在一起的。当初妈妈生下她和

MEIYOU YU
PEINI KAN HAIYANG

没有鱼陪你
看 海 洋

文◎刘宇昕

花七星的时候，家里每个人的脸上都写满了笑，爷爷奶奶笑，外公外婆笑，爸爸笑，妈妈也在笑……

"以后我就有一对龙凤胎的孙子、孙女了……"

"一男一女正好凑成一个'好'字。"

"哈哈……"

当笑声有条不紊地推向高潮的时候，妈妈"哇"的一声就哭了出来，河坝决堤了，水就没办法控制地往外流淌。

并不富裕的家庭，爸爸妈妈两个人都要去城市里拼生活，他们养不了两个孩子。

最后他们含泪决定，女孩儿交给外公外婆养，男孩儿跟着爸爸妈妈去城市，花水绘一直觉得，那时候的爸妈是有私心的，两个孩子养不了，为什么不把弟弟留下来，带着她走，却偏偏是她留下？他们肯定是想男孩儿是家里的依靠，到城市里可以受到好的教育，好的培养，以后这个家就靠着他了，所以他们才放下她一个女孩儿不管的。

为此，花水绘怨恨了许多年。她也曾告诉自己，就这样面朝大海，春暖花开，闲暇的午后听外公外婆讲这片蔚蓝大海的传说，晚上枕着海浪的小夜曲入眠，也挺不错的。

就在花水绘以为她在十三岁的时光里就被他们遗忘的时候，他们出现了，说要接她去北京。

这十三年里，他们除了每年一次回家看望她，就像探望亲戚家的孩子那样探望，却从来没有说要接她回家。她无数次渴望他们能拉着她的手，收拾她的行李，然后对她说："水绘呀，跟爸爸妈妈回家吧。回我们自己的家。"

这次他们说了，她却不想走了。

这样的生活挺好的，为什么他们要打搅呢？有外公外婆，有大海，有村庄，这里就是美好的家。

外公外婆说："他们毕竟是你的亲爸亲妈，跟着他们走吧，去城里，那里还有你弟弟，我们不能陪你一辈子的。"

说完，外公外婆就狠心地关上了门。门口传来阵阵哽咽声。

成年人和未成年人的区别就是这样，在他们口口声声说爱你的时候，纵使你哭得肝肠寸断，他们也会毅然决然地把你拒之门外。

自己是个陌生人

花水绘什么都没有带，只带上了她的鱼。

看到鱼缸里的鱼，她就会想起这个生活了十三年的小镇，就会想起外公外婆，还有让人永远觉得自由的大海。

刚刚到了城市的花水绘，站在人流涌动的街头，顿时迷失了方向。

妈妈指着远处一座高高的楼："看，那就是我们住的楼，十八层。"水绘看着妈妈指着的那栋高楼，一种压迫感瞬间袭来。她不喜欢这座城市。她怎么也无法想象这以后会是她的家。绿灯亮起的时候，水绘还站在马路这边一动不动，妈妈已经和花七星到了马路对面。

对于城市的红绿灯，水绘还是第一次看到，她用了将近一个月的时间来适应这座陌生的城市。为此，花七星经常用看外星生物的目光打量着她。

"姐姐，你不会从来没见过红绿灯吧……"

"姐姐，你连麦当劳都没吃过啊？"

"不对，不对，姐姐，吃牛排要用叉子，不是用筷子啦！"

……

在弟弟的语气里，花水绘能感觉到弟弟那种自幼生长在城市里所带给他的骨子里的傲慢。

每一次花水绘都会用"要你管"这三个字狠狠地回绝他。而这个时候，妈妈总会把矛头指向她："你不会好好说话啊，他是你弟弟，他也是在教你……要是不教教你，让人看了，还以为是个野丫头呢。"花水绘重重甩上门，躲进了自己的小房间里。看着鱼缸里自由自在的鱼，本想拿起来给它换换水，窗外的阳光从楼与楼之间的缝隙照进她的眼里，眼泪一下子就出来了。

这些时光，所有的委屈都装在了这泪水里。看到蔚蓝的巴掌大小的天空，她忽然觉得在这座城市里，爸爸、妈妈、花七星才是真正的一家人，自己是唯一的

优格女生轻小调

陌生人。

遇见他

转学手续在花水绘来之前就办好了，当她怀着一份憧憬和向往去了学校之后，才发现学校里的同学抛给她的目光里充满了鄙视和不屑。

"瞧瞧，这都穿的什么啊？土不土啊？"

"那种款式的发卡好像是我妈妈中学时才会戴的呢！有一次，翻看相册的时候，我看到的。现在都什么年代了，她还戴这个。"

"世界上总有一些人不损别人，就好像怕别人不知道她长了一张嘴！甭理她们……欢迎你来到我们班啊，我叫李允兮。"这个声音好听，和风细雨的男生是班里的学习委员，学习成绩优异，利落的短发外加笑起来好看的酒窝，被女生们称作班草。

李允兮，真是一个好听的名字。花水绘在心里反复重复着"李，允，兮……李允兮……"合起来念，分开念，重复了好几次。李允兮的安慰使心海早已经惊涛骇浪的花水绘立刻平静了许多，前一刻还对这个班级充满了不安，这一刻就充满了期待。

美好的期待总会被现实摧毁得支离破碎，断垣残壁到无法收场。

女生的嫉妒像裙摆

无论谁的身边总会有这样的人，每天把自己打扮成娇娇公主的模样，谈话的时候总是一副高高在上的姿态。最新款的限量版公主裙，价值3888元的EXO（是韩国SM娱乐有限公司于2012年4月8日正式推出的12人男子组合。）演唱会门票……这些都是她们谈话的主题。

学习是次要的事。

前些日子，班上的紫嫣一意孤行地报名参加舞蹈队，她们就背地里说着"不自量力"之类难听的话。起初，对于身边言语过分在乎的花水绘，渐渐地就习惯了。

有些女生，年少时，看见邻家孩子穿着漂亮裙子，就匆忙回家不依不饶地向妈妈也要一身裙子的时候，她的虚荣心和嫉妒心就已经在悄无声息地生长了。

花水绘身边有这样的女生就再自然不过了。尤其是花水绘整日都和李允兮如影随行的时候，这种嫉妒就如野草般有点儿肆无忌惮了。"凭什么？一个乡下妹！土到掉渣！"花水绘听到的时候，心会酸酸的，眼睛也会潮湿一片。管她们呢！

在花水绘这种双鱼座女生看到的世界里，一切都应该是像深海鱼生活的海之国，纯净而美好，鱼儿自由游荡在翠绿的水草之间。她单纯地以为，有李允兮这样一个好朋友在，每天认真学习，努力适应这样的城市，不惊扰别人，寂寞的时候，看看鱼，就可以相安无事地活着了。

可她错了。

在她和李允兮一起的一个月里，流言从一颗火星迅速蹿起火苗。这件事自然而然地被班主任王叨叨知道了。一个女生去办公室绘声绘色地讲着花水绘和李允兮的故事时，她的脸都拉到了地上，嘴里又在碎碎叨叨个没完。

"藤月，你回去帮我盯着他们，一有什么事就向我汇报。"

这个叫藤月的女生，面色里透着不敢外露的喜悦，甩着一条顺直的马尾辫跳出了办公室。马尾辫上上下下跳动出动人的音符。

嫉妒真是一个可怕的猛兽，在它疯狂吞噬着寄主的心的时候，寄主都沉浸在这种撕咬中，飘飘欲仙。

早恋！他们在早恋！

藤月的高音响彻了整个走廊，她手上挥舞着小字条就像是挥动着一面胜利的旗帜，"快看啊！快看啊！这是李允兮给花水绘的字条哟，看着都肉麻，真是不敢继续看下去了，我的鸡皮疙瘩都掉了一地。"

字条是李允兮写给花水绘的，上面只有简简单单几个字："我喜欢和你在一起。"

就是这样几个字，让王叨叨总算是抓住了花水绘的把柄。

等等，你一定会问，明明是李允兮传过来的字条，怎么能说抓住了花水绘的把柄？

这个嘛！在老师眼里，好学生是不容易犯错误的，更别说交女朋友了！像李允兮这样在地球上都难找出第二个的优秀少年，怎么可能犯这么大的错误？即使犯了错误，也一定是被人唆使的。

王叨叨坚定地认为花水绘就是这场情感的始作俑者。

花水绘理所当然地被请到了办公室，她低头站着，身后从窗户透进来的是清爽的阳光，内心却下起了雨。

"李允兮可是我做老师十五年来，难得遇到的好学生，我不想你毁了他的前途……"王叨叨目光斜视，爱理不理的，"你和他不一样……我知道你是从乡下转学过来的，你不知道生活在大城市里多不容易。要是学生学习不好，考不上大学，那就是个废物，什么也干不了，你明白吗？这和你们乡下不一样，守着一亩三分地就能养活一家人……你太小了，说这些你不懂。"

"算了，算了。下节课，我给你调一下位置吧，还是和李允兮保持一下距离比较好。"

……

自始至终，王叨叨都没有说过一句李允兮的不是，此时的他依旧舒服地坐在教室里上课。而她自己一个人来面对这暴风雨。

关上办公室的门，"咔嚓"一声，心里的门也关上了。

花七星早早地站在门口："姐，你真的喜欢上李允兮了？要是被妈妈知道，你死定了。"

"走开！"花水绘推开弟弟跑走了，偶尔有风吹过眼角，泪毫不吝啬地滚落。

你的错为何让我承担

回到座位上，经过李允兮身边的时候，目光触碰，躲闪。他不敢看她，像个做错事的孩子。但是他连一句对不起都没有说。一天结束了，他都没有去做解释。

有人逗他："班草真的有女朋友啦？"

"哪有啊……我怎么可能……"

一句话将所有的过错都推给了花水绘。

一天的时间里,她都没有和他说话,包括班上的其他人。

放学后,花七星来找她回家。她没理他,自顾自地走着。

"姐,你等等我。你告诉我,你们到底有没有交往啊?"花七星在后面喊。

走在前面的花水绘发狠道:"当然没有啦。"一边说一边眼泪就流了下来。

快到家楼下了,李允兮正站在一棵大树旁,斑驳的光影投射在他脸上,看不清表情。

"对不起,我真不是故意的,我没想到传给你的字条会落在藤月手里,她那张嘴……我是来向你道歉的。这条鱼送给你。"李允兮手上端着一个小鱼缸,里面一条鱼正瞪着大眼睛看着外面发生的一切,"以后我不能帮你辅导功课,也不能和你待在一起。虽然我确实有点儿喜欢你。我是好学生,要是被我爸知道了,我会被揍死的!"

"那我呢?"花水绘说,"我爸就不会揍我吗?我一直把你当成我最好的朋友,你怎么可以这样……"

话没说完,李允兮把鱼递给了花水绘,转身走了。

看着他的背影,她骂了一句:"有病!"这时,眼角的一滴眼泪掉进了鱼缸里。

花七星居然也会打架

花七星走上前:"姐,我都看到了。我错怪你了。对不起。"

还在气头上的花水绘,抱着鱼缸上了楼:"不需要!"

花水绘流着眼泪走进家门。妈妈早已坐在沙发上等着呢!看着女儿没出息的样子,她狠狠地骂道:"要不是你们王老师打电话给我,我还不知道你这么小就交男朋友了!知道今天要哭,早干什么去啦!长大了是吧,人家都是越长大越懂事,你长大了就会交男朋友是吧。"

花水绘心里的委屈突然爆发出来:"我没有!你本来就不喜欢我,你只喜欢弟弟！我就不该来这个地方，应该一直和外公外婆待在一起。"

"你走！你走！你去和外公外婆过去吧！"气头上的妈妈火冒三丈，话说出口才觉得有些不妥，但没收回。

花七星在一旁求情："妈，你冤枉我姐了。"

"不用替她求情，王叨叨老师在电话里都跟我说得一清二楚了，我不想再听一遍事情的经过，我恶心。人啊，犯错是难免的，知错就得改！"

花水绘一转身回了房间，在屋里哭了好久。

看着窗台上刚刚放进鱼缸的那条鱼，它们自由自在地游着，好快乐的样子。看着看着，心里就更加难过了。为什么身边的人都会这样呢？他们是不是看到现在鱼缸里的两条鱼，也会一口咬定它们是在谈恋爱呢？想想都觉得荒唐。

第二天，花七星没吃早饭，也没叫花水绘一起上学，就自己背上书包去了学校。妈妈还在纳闷："今天怎么去这么早？"一边纳闷一边喊花水绘起来吃饭，昨天的事儿在经过一夜之后，暂时被妈妈抛到了脑后。

花水绘没有回应，妈妈准备继续喊的时候，电话响了，接起电话，妈妈差点儿一个趔趄瘫倒在地。

花七星打架了！

李允兮被打得鼻青脸肿，而花七星手上也鲜血直流。一起被送到了校医务室进行包扎治疗。

妈妈从来没想过花七星会打架。赶到医务室的时候，花七星还一双眼睛瞪着李允兮，说："活该！谁让你欺负我姐姐，害她被冤枉。"

那个胆小的，从来不敢惹事的花七星着实吓到了妈妈。

"怎么回事？"妈妈问。

花七星冷冷地看着李允兮："你自己说！"

妈妈听完之后，心一下子沉下去了。是自己冤枉了女儿，一直对女儿有偏见的她，从来不肯相信女儿。

"我应该问问清楚的……都怪我。"

请不要伤害她

妈妈回到家，花水绘房间的门还是关得严严实实的，桌子上的豆浆油条一动不动地摆在那里。

花水绘连一张字条都没留下就走了，带着她的两条鱼。

她能去哪儿啊？

爸爸、妈妈和花七星坐了一天的火车赶到小镇，外公外婆拄着拐杖出来迎接他们。唯独没有花水绘。

"水绘没回来？"

"没有啊。"

"不可能。"

他们感觉她一定是回来了。

外婆说："我知道她在哪儿。"

海边的沙滩上，花水绘正迎着海风，张开双臂，感觉清凉，温暖。

脚下的鱼缸里空荡荡的，里面的两条鱼早已经落入海洋。

花水绘轻轻地说："鱼儿，现在只有你们陪我看海洋了。身边没有一个人陪我了，那个家也不是我的家，那座城市也不是我的城市。"

妈妈从身后双手环住她："你还有爸爸妈妈和弟弟呢……我们一直陪着你。对不起，我的孩子。"

妈妈看不到面朝大海的花水绘已经泪流满面。

这一声"对不起"，早在十三年前爸妈把她留在外公外婆身边的那天就应该说的。她也一直在等。现在等到了，心里突然就忘掉了以前所发生的所有不快。

或许，双鱼座的女生就是这样，渴望温暖，单纯善良，对于所有的不快乐，在别人一句"对不起"过后，就会烟消云散。

如果你身边也有这样一个女生，请不要轻易伤害她，好吗？

优格女生轻小调

MO KEKE XIAOJIE DE YUANFANG

莫可可小姐的远方

文◎风为裳

【爸爸去了日本工作】

　　自从老爸去日本工作后,家里的铁三角就变成了一条直线。每天回到家里,只剩下了莫可可和老妈,莫可可会噘着嘴抱怨:"咱们中国这么大的地儿,他干吗要去日本?那儿又不好!"老妈通常是解释半天,可单细胞的莫可可却没听懂。

倒是陆嘉宁说得干脆利落，他说："你真以为你爸深入敌穴去啦？再说，叔叔打电话来时，你可以问问吗！"

莫可可想，咦，这倒是个好主意。可是，老爸为什么很少打电话呢？陆嘉宁也觉得奇怪："那又不是在美国，隔着半个地球。不都说跟我们国家'一衣带水'吗？你想想，一件衣服能远到哪儿去？"

莫可可开始给老爸写邮件，可是，很多天，莫可可都没收到老爸的回复。她问妈妈，妈妈告诉她，爸爸给她打电话了。莫可可真的生气了。老爸这不重色轻女吗。再不理他了。只是，她画了一张画。画上，一个女孩儿托着腮望向远方，远方是条长长的路，路两旁开满了樱花。她给它起名叫《远方》。

【谁要你们替我选择人生了】

莫可可像一株失水的植物，每天懒洋洋地出现在教室里。常常要老师叫第二遍才能反应过来。陆嘉宁跟老师解释说："老师，这个不怪她，你知道，莫可可的反射弧比较长。有一次我给她讲了个笑话，隔一天，她才笑出来！"

老师很不满意陆嘉宁的解释，他白了陆嘉宁一眼："就你反射弧短，没你事儿，你瞎掺和什么？"陆嘉宁无辜中枪，莫可可很过意不去。陆嘉宁说："觉得欠我人情了吧？这事好办，我这人也不难伺候，你请我吃顿比萨！"

莫可可请陆嘉宁吃的是肉夹馍，她说："支持国货！"

从人民广场地下一层上来，远远地，莫可可看到老妈跟楚姨一起逛街。莫可可本想包抄到她们身后，吓她们一下，没想到走在她们身后她听到了她们正在谈论自己。莫可可妈说："老师说了，可可那孩子绘画上很有天赋，我跟她爸想，我们平凡了一辈子，难得女儿有这方面的天赋，我们不能让孩子埋没了。学油画要很多钱，听说，就是考进美术学校，也要很多钱，所以，可可她爸辞了工作去日本打工，我们对她说是去日本工作，她还不高兴！"

老妈和楚姨走远了。莫可可化石一样站在人流里。天上的流云走得飞快，一场暴风雨就要来了。陆嘉宁拉着莫可可跑到一家店的廊檐下，雨滴瓣里啪啦砸下来，同时砸下来的还有莫可可的眼泪。眼泪流到嘴里，又咸又涩。陆嘉宁递上纸巾，莫可可没有接。她说："你知道吗，我成了我父母的负担！"

"别这样说！"一向能说会道的陆嘉宁也不知道如何安慰莫可可才好。

那天回家之后，莫可可收起了油彩和画布。她像猫一样蜷在床上。老妈进来问她哪儿不舒服。莫可可发了脾气，她说："谁要你们替我选择人生了？谁要了？谁告诉你们我要做画家的？我不喜欢做穷画家，我不喜欢到我死以后，才有可能有人喜欢我的画，才会卖高价！"

老妈在门口立了好一会儿，她转身出去，再进来时，把手机递给莫可可："你爸爸，他要跟你说话！"

"可可，你听爸爸说，你是爸爸妈妈的希望，爸爸妈妈为了你，做什么样的牺牲都心甘情愿！"爸爸的声音有些嘶哑。莫可可的眼泪疯狂地涌了出来，她大声喊："爸爸，我不要你为我牺牲，我会对我自己的人生负责的，真的！"

电话两端的人，谁也说服不了谁。站在门前的老妈哭成了泪人。

那晚，莫可可发誓不再画画。她把所有的画都收进一个纸箱里扔到楼下的垃圾箱里，除了那张叫《远方》的画。

【不要和我比懒，我懒得和你比】

莫可可不再去油画班了。上油画班的时间，她就跟陆嘉宁在小公园坐着，坐到天黑，踢踢踏踏地回家。

某一天，陆嘉宁说："你老气横秋的程度跟我妈差不多，要不，咱们参加那大妈广场舞得了！"莫可可懒得理陆嘉宁。她谁都懒得理。她的口头禅变成了："不要和我比懒，我懒得和你比！"陆嘉宁说："这么消极的人生，树獭看了，都想认你为亲姐姐！"

莫可可踩着夕阳进家门时，老妈的愤怒都写在脸上。她一声尖叫，撕云裂帛的。她说："莫可可，你真的不拿你爸的辛苦钱当钱是吧？你爸租了个八平方米的小屋住着，他一天打三份工，洗盘子洗碗，在百货商场打扫厕所……他连电话都舍不得打，你给他写邮件，他都没电脑，没网络……"老妈哭了。

莫可可的眼泪淌了下来，但她一点儿没惧老妈的目光，她盯着老妈一字一顿地说："我都说了，让老爸回来，我不要你们为我牺牲，你听清楚了没有，我不想背负这么沉重的使命！"说完，莫可可跑出家门。

那晚，莫可可在前面走，陆嘉宁跟在后面。他呼哧带喘地说："莫可可，老师肯定不知道你的天赋其实是竞走。国家田径队把你招进去，你肯定是继刘翔之后田径队的国宝！"

莫可可终于气馁地坐到路边的一条长椅上，她说："我错了吗？我爸好好的驾校老师不做，跑去日本刷盘子刷碗，在百货公司打扫厕所，这不是疯了吗？花着父母的血汗钱往上爬，你觉得我这辈子能幸福吗？"

陆嘉宁坐在莫可可身旁，好半天，他说："我理解你的想法。真的，你有这样的想法我挺感动的。我们身边有多少同学逼着父母买名牌，逼着父母满足他们的各种愿望，可是他们从来不问父母这些钱是哪里来的！"

莫可可的眼泪又滚落了下来。她说："我是爱画画，但我不想因为我的爱好让我父母分隔两地。也不想我们在这边，老爸在那边……那天晚上我做梦，梦到老爸跌倒在日本街头，身边的人鱼一样经过，没有人管他。我大声喊他，可是那么远，我怎么也够不到！"

"嗯，我明白。可可，你要把你的想法好好跟叔叔阿姨沟通，他们挺伟大的，真的！"莫可可转身问："什么时候你被我老妈收买当间谍了？"

那晚，莫可可进了老妈的房间，她站在老妈的床头说："妈，让爸回来吧，不然，我不会再拿画笔，我莫可可说到做到！"

母女之间谁都不理谁，那是让人窒息的对峙。每天，莫可可吃着老妈做的饭，吃完，关上门，躲进自己的房间里。老妈也不跟她说话。

陆嘉宁听莫可可说这段时说："你们还真行，玩冷暴力！"莫可可无比惆怅地望着远方。有梧桐树叶落下来了。夏天一晃就要过去了，秋天要来了。

【莫可可的梦想在远方】

秋天真的来时，莫老爸从日本回来了。莫可可在机场第一眼见到老爸时，根本就没认出来。原来嚷着是"微胖界帅哥"的老爸怎么变得那么瘦呢？脸颊凹了下去，整个人瘦了一大圈。莫可可没说话眼泪就出来了。

坐在出租车上，莫可可一直握着老爸的手。他的手仍旧温热，只是好像没什么力气。老妈说："明天去医院做个全面检查吧！"

老爸点了点头，莫可可的心沉了下去，她问："爸，你生了什么病？"老爸摸了摸莫可可的头说："可可长这么高了！"

莫可可终于知道老爸生了病，全身无力，在日本治病太贵了，被逼无奈，他这才回国的。莫可可跟陆嘉宁说："他们能不能不这么伟大？难道非逼着我做自私的女儿吗？"

老爸查了很多项都没查出来什么毛病，有天医生突然问了句："是不是缺乏营养啊？"一语惊醒梦中人，再看，果然是。医生还纳闷儿："这都什么年月了，居然还会有人缺乏营养？"

老爸在老妈的精心照料下，很快不全身无力了。莫可可每天围在老爸身边。老爸却不高兴，他说："这世界上有天赋的人并不多，有才华就不能浪费。"

莫可可说："我没有浪费啊，你一回来，我就去油画班了，咱钱都交了，可不能浪费。还有，老爸，你不知道，老师说有家公司给我们油画班设立了个奖学金，能拿到就可以一直免学费。"

"真的？有这么好的事？"光芒从父母的眼里照出来。莫可可有那么一点点悲哀。

莫可可再次带回了好消息，她凭借油画《远方》获得了那个奖学金。老妈眼泪汪汪地说："可可，你是用孝心赢得了这个奖。你好好学！"莫可可使劲地点了点头。

他们并不知道，设立那个奖学金的人是陆嘉宁的老爸。陆嘉宁跟父亲说了莫可可的事之后，陆老爸觉得自己有必要帮一帮这个孝顺的女孩儿。当然，陆嘉宁在莫可可面前，也假装什么都不知道。他想，莫可可只需要感激自己就可以了。

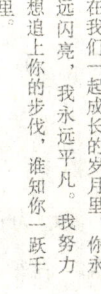

浅吟/轻唱

在我们一起成长的岁月里,你永远闪亮,我永远平凡。我努力想追上你的步伐,谁知你一跃千里。

优格女生轻小调

普通的相貌，内敛的性格，注定我只能是这所重点中学里的丑小鸭——默默无闻，形单影只。看着那些美丽的"白天鹅"在我身边翩翩起舞，我只能孤单转身，离去。

我以为日子会一直这样下去，直到遇到齐雯雯——一个美得让所有女生都咬牙切齿的姑娘。

如果说，我是天空中最不起眼儿的一颗小星星，那么齐雯雯就绝对是照亮整个夜空的月亮。骄人的成绩，花样的容颜，开朗的性格，所到之处流光溢彩。可就是这样一个耀眼的女生，竟主动向我示好，我实在受宠若惊。

从小到大，我都是循规蹈矩的乖孩子。不叛逆，不生事，不做出格行为，只想着中学毕业后考所师范类的学校，早点儿赚钱照顾辛苦了半辈子的母亲。

当齐雯雯主动要求坐到我旁边时，那一刻，我怀疑自己是否在做梦。

你看你看 NI KAN NI KAN
月亮的脸 YUELIANG DE LIAN

文◎骆 可

2

但是,齐雯雯在学校里的名声并不好。

有人说她表面那么风光,还不是有个在夜总会赚钱的妈。也有人说真没天理,身后有那么多狂蜂浪蝶成绩竟还这样好。更有人说,她曾在学校楼梯的拐角处和高年级的学长拉拉扯扯……

所有这些,都是课余时间里女生们津津乐道的话题。

齐雯雯似乎成了女生的公敌。因为她漂亮,因为她从不像其她女生那样,旗帜鲜明地和所有男生划清界限。

新学期开始,大家可以自由组合坐座位时,我这个性格木讷、不爱说话的男生像棵孤零零的小树一样,直直地戳在那里,不知道何去何从。

齐雯雯高高地扬起手:"老师,我想坐在宋家明旁边。"

你看,我连名字都这般循规蹈矩。可我这颗循规蹈矩的心,却因为齐雯雯变得有些活跃起来。

3

齐雯雯送我她新买的钢笔,塞给我她吃不完的饭票,连参考书都总是带来双份的!然后笑盈盈地望向我,在桂花开得正盛时。

那一瞬,我的心就漏跳了一拍。

上课时我把脖子扭成四十五度角,我怕看到齐雯雯那好看的侧面。下课时我第一个冲出教室,我不想和齐雯雯挨得那样近,听她问我这道题应该怎么做。

我是一个敏感到自卑的孩子。

坐在后排的宋煜,用轻蔑的语气说:"癞蛤蟆竟想吃天鹅肉!"我不知道他是不是在说我,可那一整堂课我脑子里全是"癞蛤蟆"三个字。

我跑到没人的角落里,很想大哭一场,却发现自己在父亲恶狠狠地扔下我和母亲那一刻,就已没了眼泪。

我穿粗布衣服,吃食堂里最便宜的饭菜,放学后将同学们扔掉用了一半的笔记本捡来用。我连说话,都是班级里最小声的那个。唯一支撑我的,是我想要独立,能养活母亲的愿望。

4

有男生上课时写字条给齐雯雯，她看都没看一眼，直接扔进了纸篓。有女生酸酸地扔过来一句："真是一朵鲜花插在牛粪上！"齐雯雯转过头，狠狠瞪她一眼，说："我愿意！"

彼时，我将两只拳头在桌子底下握得紧紧的，再松开。

如果我的性格可以再开朗一些，如果我可以不那么自卑，如果那天齐雯雯在身后叫住我，说她并不是可怜我……我会像其他人一样，想齐雯雯会不会真的喜欢上我。

放学后，齐雯雯做值日，我磨蹭到最后不肯走。齐雯雯看看天，又看看我，"再不走就要下雨啦！"说完，背起书包就要往外跑。

我叫住她，问："你为什么对我好？"

齐雯雯一定是没想到我会这么问，她明显愣了一下，然后慢慢转过身，笑眯眯地望着我。

说实话，我真害怕见到齐雯雯盯着我的样子，让我很不自在，仿佛脚底下有无数只虫子在蠕动。

如果齐雯雯一直这样盯着我的话，我想最后我肯定会忍不住脸红。结果不等齐雯雯回答，我扔下一句"我不要你可怜我"后，转身就跑。

5

第二天，我主动找老师换了座位，换到讲台下面单独的位置，说为了能更集中精神听课，这个理由被老师无条件接受。

我是这个班里成绩上升最快的学生。一学期的时间里，从刚入学的全校第两百多名一跃成为前二十名。老师用赞许的眼光，看着我把书一本本从齐雯雯的旁边搬到了最前排。

齐雯雯用那欲言又止的目光看着我，没了往日的笑意。

那一刻，我听到有男生吹口哨，有女生在那儿窃窃地笑，仿佛看到了有关齐雯雯的天大的笑话——连我这种男生都不愿意和她同桌。

我想跳起来，告诉那些正在偷笑的女生："事情不是你们想的那样，我并没有不愿意和齐雯雯同桌，我只是……"

只是什么呢？我还是转过了身，一言不发地收拾好所有东西，看齐雯雯失望的目光落在无声的灰尘里。

此后，我就像是上了弦的发条一样，一圈一圈飞速向前，停不下来。

我要考取学费最低的学校，我不能再让每日三餐只吃馒头咸菜的母亲再去给人洗衣服供我上学，我没有资格望向那天空中，本就不会属于我的月亮。

所以，面对齐雯雯的落寞眼神我一言不发。她的目光在背后像针一样扎着我，我却只能用那一堆堆的公式来分散一触即发的崩溃情绪。

终于毕业。

我如愿考取了学费最低的师范学校，而且申请到了助学贷款。放榜那天，我在墙上四处找寻齐雯雯的名字。她考上了一所重点高中。

那一刻，我长吁了口气。一抬眼，发现齐雯雯站在不远处，像株明亮的向日葵。

她说，她之所以会接近我，是因为她和我有着同样的遭遇，父亲在她三岁时就抛弃了她。她只是想用她的乐观感染我，却不想，我因为自己的自卑将她推开了。

我傻傻地站在那里，看阳光将我们的影子拉得很长。

最后，她说："不管什么时候，都不要放弃希望。因为没有人能打败你，打败你的只有你自己。"

她说得没错，我只是没能战胜自卑，战胜心底最脆弱的那根神经。

我想，不管过多久，我都会永远记住齐雯雯的这句话。它像皎洁的月光一样透进心间，让我温暖。

优格女生轻小调

1

进屋后,我拽着一端,将宽大的黑色围巾一圈圈从脖子上解下来,露出既不纤细也不白皙的脖子。

面对试衣镜,别的女生总是忍不住扯着裙角,像烤肉一般来回欣赏自己的前后身,而我只是缓缓凑近镜面,"不可思议"的神情在脸上极速扩张:"居然是双下颌!"

是的,经过大半个冬天,我成功把自己养胖,为"强壮青少年"事业添了一份力。

我骄傲,我自豪。可谁也不知道,我心里那句真正的台词是:我失落。

芹菜姑娘的摇滚范儿
QINCAI GUNIANG DE YAOGUN FANR

文◎叁川光树

浅吟轻唱
用真诚浇灌的浪花,可以飞溅起整个海洋。

转身的时候,我看到墙上的挂历,于是从文具袋里掏出一支蓝色的马克笔,在某个日期上重重地画上一个圈。马克笔与纸面狠狠摩擦发出的"吱吱"声,足以证明我对这天有多么紧张。

我翻着书房里那排旧旧的摇滚卡带,回忆起阿松每日背在身后的那把电吉他,脸不禁一白,因为他正是让我如此发愁的根源。

这时,家里的大门被人打开又合上。爸爸回来了。他是个没什么特别之处的上班族。浅蓝色的衬衫,深蓝色的领带,还有黑色西裤,眉眼不算神气,但整体看上去跟俊朗也还沾得上边。

"我的芹菜姑娘,脸色怎么这么难看?"他问我。

我摇摇头:"我可能是饿了。"

我看过一句话:这个世界上没有人可以帮你,除了你自己。

我打算帮帮自己,便加入了学生会,听说在那里有机会交到朋友。

上学期最后一次学生会活动部的部门会议上,部长对我说:"秦芹,下学期一开学就有联谊会,那个会弹吉他的阿松,就交给你去搞定了。"

据说那个阿松是个独行侠,帅气却不会笑,冷冰冰的。我顿时感到压力巨大,这个年,怕是过不好了。

大年初六,我在吉他教室外面的松树下等阿松。透过窗户,我看得见他忧郁的身影。有风吹来,松树微微抖动,一块积雪不偏不倚地砸在我的毛线帽子上,我下意识地低下了头。就在抬头的那一瞬间,他却站在了我的面前,吓了我一跳。我拍雪的右手僵在空中:"阿、阿松,你好,我是学生会活动部的秦芹。"

那天我们究竟说了什么,已经丝毫不重要了,重要的是,他竟很干脆地答应了我的请求。本以为以他的怪性子,会折磨我好一阵,没想到这样爽快,是个纯爷们儿。

后来,我成了他的经纪人。刚开学课业不紧,我便以学生会干事的名义,在一旁督促他排练。

他唱得真棒,表演完下台的时候,我兴冲冲地对他说:"你到时候一定会获得满堂彩的！"本以为他再怎么样也会跟我客气一下，他却只道："哦。"耸耸肩就走开了。

果然，他像传说中的那样，冷若冰霜。每天跟他说话，他都爱理不理的，有时候我真觉得他太做作，甚至，缺少基本的礼貌。

那天，我陪他练习时间太长，困到睡着。忽然，肩膀被一个重物砸了一下。我猛地睁眼，却看到一罐咖啡正骨碌碌地在地上滚着。

他毫无歉意，喝口咖啡对我说："困了就走啊，耗在这里干什么？"

"谢谢你的好意了！"我瞪了他一眼，又看了看地上那罐刚才被他扔在我身上的咖啡，强忍怒气离开了。这个人，一定没有朋友吧！亏我还很欣赏他的才华，一心想跟他成为朋友呢。想来真笨，平凡如我，怎么可能呢？

联谊会前一天，我竟然紧张得隐隐腹痛。或许，除了紧张，还有惋惜和忧伤。从明天开始，我跟他又将恢复成同学关系了，只怕再无交集。

老爸穿着围裙走进我房间，手里举着的炒菜勺上黏着黄瓜片："芹菜，给你妈打个电话，问她什么时候回来。"

"要打你自己打。"我拒绝得很坚决。

老爸当时绝对看出了我的不对劲，要知道，我可是世界上最爱打电话的人。他嬉皮笑脸地用肩头碰碰我："哎，姑娘，你在为什么发愁？"

"没有啊。我看上去像是在发愁吗？"我问。

老爸认真地点点头，眼神像是要看到我的心底去。

我手里不知何时握着阿松明日演出的乐谱。我看不懂上面的蝌蚪文，但是上面有阿松的签名，那是我以"往后你火了，我可以拿去卖钱"的幌子要来的。瞧瞧，我也是可以死皮赖脸的。

为了不让老爸继续烦我，我告诉他，阿松对我总是很没礼貌，这让我感到很郁闷，老爸不知道是哪里来的好心情，哼着小曲儿出去了，隔了一会儿又问我："家里的吉他放哪儿了，你知道吗？"

我惊讶，家里有吉他？我怎么不知道这回事？

我们父女俩像是撬锁的小飞贼，在家里好一通翻箱倒柜，老妈回到家，发出一声凄厉的尖叫。老爸轻轻拍拍老妈的后背："别担心，没遭贼，我在抢救你女儿的心呢。"

那一天我才知道，爸爸年轻时曾是这座城市有名的摇滚乐队的成员之一。那个时候，整个城市的年轻人，没有谁不为他们着迷。老爸没有成为明星，因为他只是一名单纯的吉他手，活跃在城市里的一些文艺酒廊，满心只有摇滚乐。

"老爸年轻那会儿，可比那小子帅。"老爸边弹边说。我见到了一个从未见过的青春飞扬的老爸。他非常有范儿，一首古旧的英文摇滚，把我的耳朵都快震聋了。

老爸告诉我，玩摇滚的人，对待值得信赖的伙伴，从来不拘小节，不会刻意迎合，只会露出真性情。你夸他，他淡然接受，你遇到麻烦，他会及时关心你，但从不肉麻，不矫情。

真的是这样吗？虽然老爸曾混迹这个圈子很多年，但我不能保证阿松心里也是这样想的。

老爸说："你放心，我会让他重新认识你的。我知道你期待跟他成为朋友，因为你觉得他很厉害，你从小就向往与优秀的人为伍，对吗？"

是的，老爸说得太对了，可是他忘了，我是个自卑的胆小鬼。

联谊会那天，老爸私下里跟老师沟通，要登上舞台与阿松共同表演节目。老爸一上台，那身炫酷的过时造型，把整个会场都搞疯了。大家感叹："这位大叔是来干吗的？是来捣乱的？真是有看头啊！"

我坐在台下，生怕大家的目光落在我身上。

意外的是，那天的演出超级成功。结束之后，老爸拉着坐在前排的我，追上走往后台的阿松："小帅哥，你等一下，秦芹想跟你做朋友。"

优格女生轻小调

我吓得尖叫:"什么啊!老爸,您在说什么啊?"我觉得丢脸极了,连忙跑走。

我跑到会场外面的楼梯口,哭了,差点儿喘不过气来。

我真想挖一条长长的地道,躲进地心,一辈子都不再出来。而这个时候,阿松的声音出现了。

"刚才你爸都跟我说了,我觉得你好蠢啊。"他冷冷地说。

我尴尬地把脸转到一边:"果然被鄙视了呢,你尽管羞辱我吧,反正你一定一直觉得我很蠢。"

"你真的很蠢啊!"他提高了音量,"想和我交朋友?这段时间你一直没把我当朋友吗?我真是自作多情!"

"你是说,你一早就把我当成朋友了?"我惊讶地回头看着他。

"唉,你这……你把我蠢哭了!"他恼怒地别过脸,我从他脸上看到一抹红。

咦,他在害羞吗?这么厉害的角色竟然跟我一样有社交恐惧症?真是不可思议……

曾经我对那些出色的人感到望尘莫及,而今我才知晓,原来他们跟我一样,都是凡人。我有的问题,也同样会在他们的生活中出现。我忽然感到呼吸顺畅,天都亮了起来。

"嘻嘻,走吧,蠢姑娘小芹菜请你喝咖啡,就当陪罪。"我爷们儿地搥搥他的肩,像摇滚乐手一样。

浅吟轻唱

用真诚浇灌的浪花，可以飞溅起整个海洋。

流年浅唱一曲离殇

文◎陌上桑

~ 1 ~

宋安铭来电找我的时候，我正睡觉呢，被一阵急促的铃声生生地把我从梦中拽了出来，我对扰我清梦者很愤怒，不耐烦地接过电话。

"早上好。"电话那头宋安铭悦耳的声音轻轻响起。

"好什么啊，这大清早的就把我叫起来，你是闲得慌还是吃饱了撑的呀？你不知道扰人清梦也是一种罪过吗？"我余怒未消，对电话那头的宋安铭不依不饶。但

优格女生轻小调

说实话，听到宋安铭声音的那一刻，我愣了几秒，也许是由于太久没和他这般亲昵，一时间我还是不太习惯吧。

"你怎么知道的？"宋安铭嬉笑着调侃，轻轻笑出声来，声音动听犹如一串贝壳风铃，让人听了心里就觉得舒坦。我闭着眼睛都能想到他微笑的样子就像是这不经意间洒落的阳光一样。

"怎么，您老找我有何贵干？"我舔了舔干燥的嘴唇，微笑着问。我麻利地跳下床，拉开窗帘，发现今天是个晴天。

"能出来吗？我就在你家楼下……"未待他说完，我已经抢先挂了电话。

踏出房门才发现家里没有一个人，饭桌上像往常一样留着一张字条，再无其他。我把字条揉成团，然后花了十分钟把自己收拾整齐就出门了。刚到楼下，就看见宋安铭坐在一辆机车上，单脚撑地，一副安安静静的表情和若有若无的笑意，更给他增添了几分帅气。

"怎么，找我有事？"我扬起头，有些好笑地问。

"没啊，就是想来看看你。"宋安铭平静地说。我总觉得他有些怪怪的，但真的要说哪里不对劲，我也说不出来，我还是觉得电话里的宋安铭要自在得多。

"喊。"我毫不客气地白了他一眼，聊表我对他的鄙视之情。

"怎么，你妈不在家吗？"他顿了顿，转变了话题。

"嗯，他们都不在家，我又要挨饿了。"我吸了一下鼻子，可怜巴巴地望着宋安铭。

"那，我带你去吃好的。"宋安铭笑了一下，有些无奈地说。

我推掉他手里的头盔，跳上他的车后座。他骑得有些快，路上风又大，我的头发扬成了一面旗帜，可我一点儿都不介意，心里盛满了小小的甜蜜。

肯德基里，我大快朵颐，而宋安铭却只坐在我对面微笑着看着我狼吞虎咽。气氛有些尴尬，宋安铭努力地找话题，我们就有一句没一句地聊着，聊到最后，我们都无话可说。

回去的时候，宋安铭送我到我家楼下。刚准备上楼，宋安铭突然叫住我。我转身看见宋安铭放好车，冲我跑来。

"怎么了？"我皱了皱眉头，有些疑惑。

"没……没什么了。"宋安铭一副欲言又止的样子。他本想像小时候一样刮刮我的鼻子,迟疑了几秒后动作僵在空中,随后又揉了揉我的头发化解了这困窘。

我将这些都看在眼里,却还是故作亲昵地叫他:"哥。"还没等他反应过来,我就已经扑进了他的怀里。他的身上带着一股淡淡的薄荷味,很好闻,给人一种温暖而厚重的踏实感。宋安铭略带羞涩地拍了拍我的背,附在我耳旁轻声说:"微微,好好学,你一定能行。"

我放开了他,几步跑上楼梯,又转身向他喊:"哥,再见!"

宋安铭笑了笑,冲我摆摆手,示意我回家,而后头也不回地走了。

第二天下午,我闲得无聊搜了部片子看,才看到精彩片段,宋安铭就发来一条信息,上面只有短短二十个字:我走了,正在火车上。还有,我可能不会回来了。保重。

这时,我才明白过来,他昨天是来与我告别的。我以为他只是单纯地来看我而已,却未曾想过他这是在向我告别。我有些慌了,打他电话却怎么也打不通。万年不变的甜美女声提示我,对方关了机。我想,宋安铭这回是铁了心不再跟我联系了。

2

从我小时候住在奶奶家的日子算起,宋安铭一直在我生命中充当了哥哥这个角色。其实,我和宋安铭并非亲兄妹,他只是我大伯的孩子而已。小时候,宋安铭经常带着我到处跑,什么爬树捕知了,上山采野果了……他总是能很轻易地讨取我的欢心,而我就跟在他身后"哥哥"地唤,唤得他心里乐开了花。要是和他一起玩的小朋友欺负了我,他就立马板起脸来,冷冷地说:"她是我妹,你别欺负她啊。你要是欺负了她,我就不和你玩了。"把我哄开心以后,他又接着和其他小朋友凑在一起斗得天昏地暗。

有一次,一个小男生把我吓哭了,并且态度强硬坚决不肯道歉。结果宋安铭真就和那男生动起手来,双方扭打在一起难分难解。最后,那小男生哭着跑回家告状去了。宋安铭却假装淡定,一副无所谓的样子。当晚,宋安铭就被结结实实地揍了一顿,但他却笑得一脸云淡风轻,依旧宠溺地对我说:"没事儿,我一点儿都不疼。微微，以后有谁欺负你，我还揍他。别怕，有我保护你呢。"

我将信将疑地点点头，问道："真不疼？"然后我不等他回答直接用手按了他一块伤处，结果他龇牙咧嘴地号起来，满屋子跳脚。我看着他好笑的反应，一下子没绷住笑出声来……打那以后，再没人敢欺负我了。

后来，爸妈在城里买了房，我也到了上学的年龄，他们就把我接回了城里，但每年假期我都要回老家住些时日。十二岁那年，我照例回老家看奶奶。结果没看见奶奶，我就先跑去找宋安铭玩了。我们疯了一下午，回去时却听见宋安铭他爸妈在大声地争吵着什么。"……什么，你怪我，当初不是你说抱一个好，谁知养大了却是这般不争气……"伯母一边哄着她怀里正不停哭闹的刚满月不久的小堂弟，一边用略带激动和愤怒的声音大声辩驳着。"你给我住嘴……"大伯似乎是喝了酒，连声音都有些颤抖，但嘴里还在不停地骂骂咧咧。这些话清晰而有力地传入我们的耳膜，直达心脏。我们当然明白他们说的是什么意思，这样一个苍凉而盛大的秘密竟以这样一种突兀的方式呈现在我们面前，这实在令人难以接受，也让人不知所措。所以，宋安铭愣住了，停下了推门的动作。我也站在那里不知所措。屋里的吵闹声还没有停止，我拉着宋安铭逃开，宋安铭却突然甩开我的手，拼了命地往前跑。这一次，我没有叫住他，只是用最快的速度跟上他。后来，宋安铭停下来，仰面躺倒在一个小山包上，我安静地坐在他身边。许久，我们都不曾说话。

"哥，你还好吗？"我开口打破这令人尴尬的沉默。宋安铭却不看我，只沉默地点点头。

"那，你讨厌他们吗？"我小心翼翼地问，转过头很认真地望着他。

宋安铭点点头又摇摇头，他的眼神很复杂，里面有一些落寞，一些难过，一些忧伤，一些愤怒，还有一些我看不懂的东西。太阳渐渐沉落在山的那头，夕阳很美，却徒增几分凄凉和落寞。过了很久，宋安铭突然站起身，对赖在地上的我说："饿了吗？我们回去吧。"说罢，拉起我往奶奶家走去……

回家后，我装作偶然和爸妈说起这件事，却发现所有人早都知道了，不知道的，只有我和宋安铭。

原来，什么都不明白的，是我们。

3

后来，宋安铭也转到城里来上学。那些时日，他就寄住在我家，我别提有多开心了。但对于宋安铭的到来，妈妈显然不是很欢迎，有时也表现出明显的不高兴。妈妈总是挑着宋安铭不在的空当斥责我："宋微，我告诉你，你少和宋安铭厮混，你要是再这么不听话，我早晚得收拾你……"相比之下，爸爸的态度就好多了，他只是叫我别因为玩儿耽误了学习，妈妈不在的时候，他还会请我和宋安铭下下馆子。有好几次面对妈妈的刁难，我都偷偷去向宋安铭道歉，但宋安铭却笑着说："微微，我明白，其实你才是最为难的。没关系，我可以忍耐的。"我想，宋安铭真是我遇到过的最好的哥哥。

宋安铭只在我家住了两年，就自己申请寄宿。后来，听说大伯经常酗酒，脾气也越发暴躁起来，宋安铭渐渐地也变得无心向学了，在学校里还受了处分……妈妈就经常拿宋安铭做反面典型来教育我："宋微，你最好给我认真点儿学，否则你也会和宋安铭一样，到时候……"我对她的这些话向来嗤之以鼻，不过，我却为宋安铭感到隐隐的不安和担忧。

4

十五岁那年夏天，我考上了市重点高中，也是那一年夏天，宋安铭辍了学，待不住的他跟着熟人在邻市找了一位师傅学技术。那一年，妈妈也变得越来越不可理喻，她的脾气就像小孩子般反复无常，我觉得家里的气氛压抑得让我喘不过气来。我想我完了，我的青春期和妈妈的更年期撞上了。但我仍告诉自己，没关系，会好的，一切都会好的，要更加隐忍和努力。

也是那一年，我和宋安铭仿佛从一个岔路口开始走向了两条截然不同却不可回头的路。宋安铭回来后，我们见过几次。某一次假期，宋安铭来找我，却碰上妈妈在家。当时，我其实是出门后折回来拿东西的，结果还未踏出房门就碰上了这档子事儿。妈妈开门后，似乎并未让宋安铭进门。我想当时的气氛一定很尴尬，我知道如果我出去只会让事情变得更糟。我只好待在房里，隔着墙壁，我听不见宋安铭的声音，只听到妈妈的斥责声和一些楼上传来的嘈杂声。妈妈严厉地大声对宋安铭说："……你以后少来找我们家微微,她跟着你把心都玩野了,你自己不学把她都带坏了。微微以后是要考大学的,你知不知道……"妈妈再次刁难了宋安铭,而后重重地把门关上。我一直不明白妈妈为什么对宋安铭抱有那么大的偏见和排斥。面对妈妈的无理取闹,我只能无奈地沉默。夹在妈妈和宋安铭之间,我真的不知道怎么办才好。我跑到房间尽头那扇大大的窗前,打开窗,风从外面一股脑地跑进来,吹乱了我额前的刘海儿和耳际的发。我探出头,看见宋安铭有些落寞和悲戚的背影,就像一只受了伤的猫、一个没有分到糖果的小孩儿。我有些不忍,便大声地喊他:"哥……"声音传出去很远,我想他肯定是听到了,他回头带着一种陌生的眼光看我。"哥,对不起。"我对着楼下的宋安铭大声喊。对不起,是我的懦弱和委曲求全伤害了你,你一直像勇敢的骑士一样保护着我,而我却不曾也不敢为你勇敢一次。宋安铭莫名其妙地摇了摇头,仿佛是在告诉我他并没有怪我。然后他扬起头,对着我像疯子一样傻笑。之后他转身埋下头快步离开了我的视线。我总觉得他要离开我了,我看着他离我越来越远了,一种慌乱不安袭上心头,我也说不清缘由却只是莫名地失落。

之后很长时间里我都没有再见到宋安铭,我只好耐心地安慰自己:会没事的,他只是太忙了而已。宋安铭再也没来找过我,只是在重大传统节日,亲戚互相拜访的时候,我们才会见面,但每一次他总是安静地坐在角落里,偶尔也瞥我几眼,却带着一副淡漠的我所陌生的表情,也许,也许他并不是宋安铭吧。不,他不是宋安铭,他怎么会是我身边的那个宋安铭呢?可是,他们明明那么像,那么像。我想,我们真的回不去了,我生命里那个风一样的少年已经与我渐行渐远了……当我意识到这些,难过得不能自已,终于蹲在冰凉的地板上一点点地哭出声来……

5

自宋安铭这次离开并决心不再联络我后,我们再也没有见过面。我的生活依旧平淡如水,只是又好像缺了点儿什么。宋安铭离开很久之后,我才让自己平静下来,把这些事情都深埋在心底,并且决心像宋安铭说的一样好好学习。我开始发了狠地学,然后每天花上大把的时间去背那些烦琐的公式以及和那该死的数学题纠缠不休……那些日子里,我的精神都是紧绷的,只有日复一日的忙碌。可是忙来忙去，我却不清楚自己在忙些什么。当试卷上的对号越来越多的时候，我知道，只要走过这段狭长黑暗的胡同就是出口了。

那些时光打马而过，什么都不曾留下，留下的却只有我的无奈与迷茫。一晃就到了高考的日子，我没有想象的慌乱与不安，心里却是一片平静，平静得甚至没有一丝波澜。历经了这一切后，我终于可以逃离这里了。那个假期里，我终于开朗了许多。妈妈倒是没什么表示，却好几次欲言又止。偶然听一个亲戚说宋安铭又回了老家，然后我有些期待地打电话给宋安铭，然而还是没有打通。我发短信告诉他我考上了大学并希望他能来送我。然而，他依旧没有回应，我却还是抱着一丝希望陷入漫长的等待。

转眼，便是离别。

爸妈送我上车前，仍不放心地对我再三叮嘱。我有些不耐烦地敷衍着。然后是一阵冗长的沉默。沉默了许久之后，爸爸突然把我拉到一边开口打破了这尴尬的气氛："以后我们不在身边，你就只能靠自己了。在外面要多加小心，要好好照顾自己，记得按时吃饭，别再把胃弄坏了。还有，也别怪你妈了，她一直对你很严厉，其实也是为你好，希望你能有出息……""嗯，我都明白的。"这种气氛对伪文艺的我来说真是催泪啊。其实，我又何尝不明白，他们沉默无言而又严苛的爱，我都明白。虽然我一度想要逃离，但这一刻，我突然对这座我生活了十几年的城市产生了一种深深的眷恋与不舍。也许想要逃离的地方，其实真的是天堂。

宋安铭终究是没有送我。我不难过也不悲哀，只是有点儿怅然若失，像是心被掏空了一小块。

车窗外的世界依旧喧嚣，熙熙攘攘的人群里却并没有我想念的少年。抬起头望天，太阳炽烈得晃眼，刺目的亮光让人想要流泪。恍惚间，我仿佛又看见十五岁那年夏天，那个干净明朗的少年，在傻傻地对着我笑……

优格女生轻小调

老兵 LAOBING 与 月桂树 YU YUEGUISHU

文◎桃墨曦

 老兵说，你像一棵月桂树

十九岁那年的生日，妈妈摆了几桌酒席请邻居，老兵对我说："你像一棵月桂树。"
我很好奇："为什么是月桂树？"
他说："月桂的花语是固执的人。"
"哦，我明白了，您说我固执。"
他点点头，我给他的酒杯里倒满了老白干儿，说："固执的人好啊，勇往直前嘛。"
他哈哈大笑。
但固执的人到底是不是真的好，我并不知道，我只知道，刚而易折，很多时候，他们固执地坚持一样东西，也很容易受伤。

浅吟轻唱

用真诚浇灌的浪花，可以飞溅起整个海洋。

我可以不恨他，可至少我需要一个合理的解释

在我喧闹的青春时期，我喜欢萧年，喜欢到刻骨铭心，不顾一切。曾经我以为他对我也是这样。

十七岁的暑假，我们约好一起去墨脱旅行。

只是我们未曾到达车站，便在路上遇到了酒后驾驶事故。失控的越野车朝我们飞掠而来时，我将萧年推了出去。人群喧闹不安，我躺在路面上，觉得冰冷刺骨，身体疼痛至极，可萧年却推开人群，跌跌撞撞地消失在我的视野中。

我该庆幸在这场事故中我没有因大出血而死掉。我却不明白，萧年为什么可以在事故后决然抛下我离开，没有任何解释。

我找过他，通过各种关系打听他，老师、同学，还有和他玩得好的朋友，但是他再也没有和任何一个人联系过。

为什么我救了他，他却要离开？

我可以不恨他，可至少我需要一个合理的解释。

那场车祸留下的后遗症不在我的身上，而在我的父母身上。事故后我时常失踪，有时两三天，有时一两周。我理解他们的担心，但我更想找萧年要一个答案。

我知道我不可救药，可我却无法控制自己，现在的我就如同一个开关失灵的机器。

我第一次遇见老兵是在车站，就是那个我出事故的车站。

那天我吹了一下午的风，还淋了点儿雨，一个很高很壮的男人走过来问："你是柯馥吗？"

我警惕地往后退了一步，他却抓住我的手，说："跟我走。"

我被他魁梧的身材吓到，我挣扎着踹了他好几脚，他却纹丝未动。他手一松，我便顺势坐在湿漉漉的地上。

随后他拨了个电话，接着把手机递给了我："你爸爸。"

我疑惑地接过手机，果然是爸爸。"小馥，你在哪儿？我拜托隔壁刚搬来的张叔找你，他不是坏人。你快回来吧，我和你妈妈都很担心你。"

他把手递给我，说："起来吧，回家去。"

我吸吸鼻子，挥开他的手："我自己能起来。"

我带着一身泥水从地上爬起来,他脱下外套搭在我身上:"把外套披上。"

他像是看穿我一般说道:"你要是着凉感冒了,心疼的是你爸妈。"

后来我才知道,因为没联系上我,妈妈担心得发动邻居找了我好几个小时。连带刚搬来的老兵张叔也加入了搜索队,他对我的初步印象是桀骜不驯、不服管教的野孩子。

这两年我的身体似乎呈越来越差的趋势,爸妈很担心,他们提议让我跟着老兵锻炼锻炼身体。

我本以为老兵会拒绝,不想爸妈和他关上门谈了大半个小时后出来,他就拍拍我的肩膀说:"好徒弟!"

我叫他:"张师父。"

他笑得很豪气:"叫张叔吧。"

他豪爽大气,不拘小节,是我喜欢与之相处的那种人,我叫他张叔,可在我心里,他一直是个老兵。

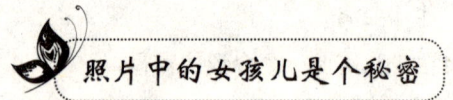
照片中的女孩儿是个秘密

我跟着老兵学身手,本以为他会因为我是女孩子而放松一些,没想到他训练起人来都不让哭的。

"哭什么哭!就这样出去要是让别人知道是我老张带的徒弟,多丢人!"

他越是骂我不中用,我就越是想要证明给他看,拧劲儿一上来,十八头牛都拉不住。最初是扎马步,扎完回到家腿肚子都打战,妈妈一揉我就嗷嗷大叫。本来是奔着强身健体去的,妈妈一看我这么被折腾,眼泪一抹就找上门去,我躲在门口偷听,妈妈反而被老兵训了一顿:"她那就是心病,身体没事,我有分寸。"

我一愣,讪讪地躲回去了。

老兵是名退伍的军人,当了二十多年的兵。腿脚有点儿不好,落下了风湿,下雨天总是会痛。他在我们小镇的矿场工作,每天从石头中找宝贝。

矿场的工作辛苦,南方又多雨潮湿,一下雨,他的膝盖就会胀痛。

老兵是个技术工,不像其他矿工,推着板车去运石头。但他喜欢推车,说什么"男人得出点儿汗才是真汉子",异常固执。

他很乐意我来找他，觉得正好可以监督我不再乱跑，以防妈妈因为找不到我而再次劳师动众。

对此，我们心照不宣，相处久了，也日渐融洽起来。

他的钱包里放着一张黑白旧照片，照片上的女孩子梳着两条大辫子，笑起来恬淡美好。

我问那是谁，老兵说是家人。

我却记得他说过，他是家中的独子。

那段时间妈妈和她的姐妹淘热衷于给人做媒，妈妈的目光不知道什么时候锁定在老兵的身上，没事就拉着她那群姐妹淘走乡串户，我曾经因为好奇跟过去几次。

我妈将老兵一顿夸，我偷偷录下来拿给老兵听。别看老兵平时大大咧咧、豪爽至极，但在恋爱方面却没什么经验，听着录音里将他一顿夸的声音，他红着脸半天说不出一句话来。

但我还是被老兵训了一顿："小丫头片子翅膀硬了，肯定是你撺掇的！"

最终，老兵还是被赶鸭子上架了，来相亲的对象大排长龙。

几次下来，老兵已经心力交瘁，叹了口气问我："小馥，你说这日子啥时候是个头？"

其实，他并非不懂我和我妈的用心良苦。他军旅半生，老来身边有个伴，多点儿温暖总该是莫大的欣慰。

我笑道："张叔，这你得问我妈啊，或许你定下来了，我妈就会放过你了。"

老兵抽着烟，皱着眉，脸色阴沉。

妈妈准备给老兵介绍第四个相亲对象时被我制止了，那不是个好时机，我知道，老兵最近状态很不好，据说要离开一段时间。

"我要回老家了。"

"还会回来吗？"

"当然回来，我的朋友和工作都在这里。"

老兵皮夹里的那个女孩儿是个禁区，我们谁都没有提起。

其实我是知道他要回老家做什么。极其偶然的一次，老师临时有事，于是放我们假。我去找老兵，推门进去，闻到一室的酒气。

老兵醉倒在床上，眼角有干涸的泪痕，桌上放着那张黑白照片，照片上的女孩子仍旧眉清目秀地笑着。

照片旁边，是一封丧事请帖。

等他从老家回来，已经是半个月后的事了，我匆匆忙忙赶去他的住处，他在家整理东西，我给他拾掇了几个小菜，然后他拿出一瓶老白干儿，约摸小半瓶下肚，叹了口气。

我说："张叔，您没事吧？"

"我一直告诉你没有什么过不去，没有什么放不下，但其实，最放不下的人是我自己。"

我从他的朋友口中不断听到一些零碎的事，他家境不怎么样，书只读到初中就辍学了，然后认识了老板的女儿。

她高贵、温柔、善良、有知识，向往外面的世界，却敌不过虚弱的体质。

老兵成了她的眼睛兼保镖，但即便他们之间有情，家境贫寒的老兵和女孩儿也是没有未来的。

那之后，他从军，她嫁人生子，从此未曾再见，即便他回来，也从未回去见过她。

那时候我年纪小，并不懂得这样的逃避是为了什么，直到我经历世事，仍能平静地面对世间百态时，蓦然回首，想到这一年这一天，老兵和我说过的话，我才明白，每个人心中都有一根刺，长着倒钩，深深扎入肉里，连触碰都不能。

唯有假装忘记。

> 遗忘来得那么迅速，不及我反应，便将我征服

因为毕业工作的事情，我和妈妈闹了不小的矛盾，她一心希望平平淡淡、生活安稳，可我心底有一团火，我不甘心就这样碌碌无为地过一生。

我一再告诉她，建筑系不是像她想的那样去工地搬砖头，随时会被顶楼掉下来的板砖砸伤。在这样的保证加抗争之下，我才争取到她的同意。

郁闷的时侯，我总是会去矿场找老兵，他以前是部队里的爆破手，可他却要教我造房子，我好奇："你不是爆破手吗？还会造房子这项技能？"

老兵特自豪地说："不知道怎么建的，怎么下手去拆？我们特别行动组的爆破手就等同于工程师。"

于是，我开始在课堂之外和老兵学习怎么造房子。

老兵不会和我谈房子怎么造好看，怎么设计有美感，在他的观念里，对于房子只有两个要求：能住，坚固。

我的很多华丽的设计在他眼中都是不合格的"危房"。

学到最后，相较于怎么建，我对怎么拆更有心得。研究透了之后老兵再问我要不要学造房子，我想了想，说："我还是去学装修吧，现在我一画设计图就觉得哪儿不对劲，像是下一秒就要塌下来的感觉。"

老兵点点头，"这样也好，让你妈放心点儿。"

我一愣，缓缓扭过头看他，问："其实您是妈妈派过来的吧？"

他哈哈大笑。

那段时间，我几乎被作业弄得焦头烂额，以前那个时不时要去找萧年的习惯已被抛诸脑后了。

遗忘来得那样迅速，让人来不及反应。

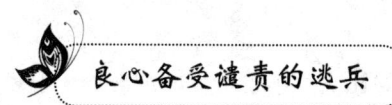

良心备受谴责的逃兵

那段时间，我已经很少想起萧年，但我并不确定，如果有朝一日再见到他，我是不是也能如现在这样淡定，我真的不会发疯似的冲上去给他一顿狠揍？或者我仍旧会为他心动不已？

我未曾见到他，所以一切可能会发生的事，我通通无法设想。

"如果能再见他一次，或许我就知道答案了……"我轻声呢喃，然后握拳告诉老兵，"绝对可以！"

他看着我笑了一下。

我不知道老兵是怎么找到萧年的，在我毕业论文答辩完刚回来那天，他开着自己改装的二手车，带我去了隔壁镇的洗车场，指着那个戴鸭舌帽的高瘦洗车工，说："你看那是谁。"

我左看右看，那面目轮廓，那背影和站姿，都那么熟悉，那一刻我身体中的血液仿佛凝固了一样。

我想过无数种我们重逢的场景，他或者拥着佳人傲慢不屑，或者变得异常圆滑世故，对我这个"过去时"敷衍以待，从未有一种是如同眼前这般，纵使相逢不相识。

我上去拍了一下他的肩膀，他疑惑地转身问我："你是？"

我摘下眼镜，他手中的水管掉落在地上。

此时距我青葱的十七岁已经整整过了六年的时间，中间的光阴一掠而过。

咖啡厅里，他告诉我这些年他从未走出过良心的谴责，他向我道歉。

"我只想知道原因。"

萧年沉默以对，终于开口，那不过是一个年少不羁的浪荡子赋予的一场风花雪月，他从不曾对我认真，只是将我当成一个过客。

萧年对我的喜欢就像秋日的露，深夜积攒，一遇朝阳，便化为雾，这样浅薄。

老兵说："不必责备一个逃兵，当他逃离时，他的心在那一刻开始便已备受谴责。"

而我这样庆幸，在我迷失了多年的青春中，能遇到亦师亦友的老兵，陪伴我一路从雨季走到朗朗晴天。

老兵也要结婚了，新娘比老兵小了七岁，带着一个十多岁的男孩儿，她有点儿胖，但是热情温柔。

老兵是个重义气的热血男儿，他的婚礼上来了很多人，还有部队里的一些老战友，喧嚣闹腾了好几天，连妈妈都说："你张叔可算结婚了，看他现在每天脸上都是带着笑的。"

但事实是否真的如此，谁都不知道，他心底或许永远留着一个位置，给那个永远触摸不到的人。

浅吟轻唱

用真诚浇灌的浪花，可以飞溅起整个海洋。

1

周沁水没想过还会再见到苏桔，尤其是在自己生平第一次迟到这么尴尬的场合。

众目睽睽之下，周沁水脸颊微烫，低头走向不远处的一个空座位，立即有人大声喊道："这个座位是苏桔的！"

苏桔？周沁水有些吃惊，还没反应过来，正在整理讲台的女同学抹抹额角的汗，抬起头礼貌地微笑："没事，这个座位让给你吧，我再去搬张课桌来。"

浅绿色的连衣裙，柔软的黑发，平淡无奇的面孔，果然是她认识但现在又觉得很陌生的苏桔。周沁水的俏脸蓦地就黑了，真是冤家路窄，尤其是苏桔居然还像从来不认识自己一样，露出那样毫无芥蒂的笑容。

"哎，苏桔，你来跟我同桌吧。"旁边有个女生拉了拉苏桔的胳膊，大声提议。苏桔有些腼腆地点头，阳光透过透明澄净的玻璃，如水一般流淌在她的脸颊上，闪耀出一片熠熠的温暖。

被丢在人群之后的周沁水顿时有些咬牙切齿。眼前这个笑盈盈的苏桔，真的是

秘密长成 MIMI ZHANG CHENG
蛰伏的毒草 ZHEFU DE DUCAO

文◎蕙以薇

优格女生轻小调

从前自己认识的怯弱沉默的苏桔吗?

那一整天,同学们都在称赞着苏桔:在开学第一天独自把全班座位整理好的苏桔,热心友好的苏桔,被班主任特意表扬的苏桔。

"马屁精!"周沁水恨恨地暗自嘟囔。

放学后,周沁水作为唯一迟到的同学,被老师点名留下来搞卫生。出乎她意料的是,苏桔竟然自告奋勇留下来帮她。

地板才扫到一半,周沁水就沉不住气了,故意踢着课桌弄出很大的声音。然而苏桔什么都没说,只是走过去把课桌扶正,动作缓慢而轻柔。

"苏桔,你别装了,你以前可不是这样的,你不是很孤高,最喜欢嫉妒比你好的人吗!"周沁水越说越生气,她亮晶晶的眼睛里快要喷出火来,"你巴结他们也没用,我偏要把你的本性告诉给所有人,看你怎么办。"

"周沁水!"苏桔顿了顿,笑容有些含义不明,"不是我有以前,你也有的。"她说完这句话,拎起拖把出去洗,仿佛毫不在意周沁水快要气炸了的表情。

外面天色尚早,一层一层的红霞交叠着,苏桔轻轻呼出一口气,手心里,甚至拖把上都是湿湿黏黏的汗。只有她自己知道,刚刚面对周沁水时的那个笑容她鼓起了多少勇气,而为了这一刻,她又忐忑地准备了多久。

那天傍晚回家的路上,周沁水一直在跟死党秦洛抱怨,从迟到被罚到在苏桔那里吃瘪,末了,她信誓旦旦地握拳:"我不会让她得逞的!"走着瞧吧,苏桔只能是她的手下败将!从前是,以后也一直是!

憨憨的秦洛有些担心地看着她,想说什么,可是周沁水已经气鼓鼓地跑远了。

可周沁水还没找到机会揭穿苏桔的真面目,就陷入了更烦恼的境地。从小就身为小伙伴们的领袖的她,在新的班级里,竟然变得格格不入。

她带了最新一期的杂志跟前后桌一起分享时,大家都在争相传阅苏桔那拿了最高分的作文;她邀请顺路的同学一起回家时,人家却要留下来陪苏桔办黑板报;她穿了漂亮的公主裙期待得到夸赞时,所有人却在羡慕着苏桔自己做的手工钱包。

周沁水从来没有这么沮丧过,当那粉色的精致布包传到她手里时,因为太愤怒，她尚未自觉，就听见"刺啦"一声响，布包被撕开了一道长长的口子。

教室里瞬间就安静下来了，正跟大家有说有笑的苏桔也是一愣，看着那个被毁坏的小包，她嘴唇哆嗦了一下，润润的眼睛里渐渐涌上蒙蒙水意。

周沁水想说自己不是故意的，可是看着苏桔那副伤心的表情，反而报复性地扬起下巴："不就是一个破烂钱包吗？有什么好稀罕的。"

她的新同桌怒视着周沁水，说道："你太过分了！这个钱包要代表我们班去参加年级手工作品比赛，是苏桔熬了两个通宵做出来的！"

大家好声好气地安慰着苏桔，用同仇敌忾的指责眼神瞪着周沁水。

"周沁水，我不明白你为什么总是看我不顺眼，请你放过我吧。"人群之后，苏桔微微垂下了头，小声地吸了吸鼻子。

众怒难犯，可周沁水到底没拉下脸对苏桔道歉。那天下午的自习课，苏桔跟几名手巧的同学，争分夺秒地赶做另一份手工作品。听着苏桔爽朗的笑声，周沁水憋闷得快要内伤。她不知道，曾经那个讨人厌的硬邦邦的苏桔，有一天也可以这么言笑晏晏，妙趣横生。苏桔跟大家相处得越融洽，越得到同学的拥护，就越激起周沁水心里的不甘。

她要撕开苏桔那张虚伪的面孔。

几天后的体育课，周沁水带着两个女生在操场的一角堵住了正在打羽毛球的苏桔。

那天苏桔穿着黄色的荷叶领毛衣，一双白色的运动鞋，跳起来接球的时候，像一只优美蹁跹的蝴蝶，男生们纷纷吹起了口哨。

"苏桔。"周沁水得意扬扬地拦住了她的球拍，指了指自己身后，"你还记得她们吗？三年的同学，她们可都知道你过去是个什么样的人哦。"

那是周沁水特意找来的老同学，她们听说了苏桔是如何欺负周沁水后，都答应来帮她揭穿苏桔的真面目。

苏桔有些发愣，她摇摇头："你在说什么？"

"你们知道苏桔的真面目吗？她初中三年，没有一个朋友，所有人都不喜欢她，她曾经还因为打架被罚在全校同学面前做检讨，她就是一个怪胎。"

"苏桔现在刻意讨好你们，只是因为她想掩盖自己这段过去！想利用你们融入集体而已！真是虚伪！"

　　周沁水带着报复的笑容，恶狠狠地吐出这些话。她身后的两个女生也跟着附和。大家一片哗然，所有人都带着震惊又疑惑的目光望向苏桔。

　　苏桔的眼泪倏然滑下，落在毛茸茸的衣领上，潮湿又悲伤。她死死地咬着下唇，有那么一瞬间，以为自己又回到了过去，被孤零零地丢在角落里，没有人跟她做朋友。

　　就在周沁水以为她会像过去那样，沉默地转身离开时，苏桔忽而抬起了头，泪珠不停坠落却无暇顾及。她说："周沁水，你为什么不把所有的真相都说出来呢？"

　　真相，真相是什么样的呢？

　　十二岁之前的苏桔，是个有些害羞但绝不孤僻的女孩儿。她善良、坦率，也有几分娇气。她的命运，在遇见周沁水之后开始改变。

　　事情的起因，是苏桔在外漂泊的父母终于在本地市区买了房，把她也送进了附近的小学。苏桔在乡下被爷爷奶奶捧在手心里疼，又因聪明优秀，深得其他小朋友的喜欢。

　　但转学之后，跟周沁水这个小霸王狭路相逢。

　　因为周沁水的爸爸是学校的教导主任，因此受到很多同学巴结，在班级早就有一群小伙伴追随。

　　一山不容二虎，初来乍到的苏桔不甘心沦为配角，被抢去所有光环，就在某一次开大会时，对着另一个同学抱怨："你看周沁水讲小话也没人说她，她有什么了不起，还不都是仗着她爸爸的威风，狐假虎威！"

　　狐假虎威这个成语还是老师教过不久的，她就这么现学现用了。可那时，个头小小的苏桔就站在队伍的最前面，这句话，不只周围的同学听到了，在检查纪律的学校领导，包括周沁水的爸爸也听到了。

　　周主任当场就把周沁水狠狠训了一顿，同时也记住了口无遮拦的苏桔。

　　周沁水是多骄傲的小姑娘啊，一下子颜面扫地，散会之后就抽抽噎噎地拍桌子放话,她就是要给苏桔看看自己有多了不起。

苏桔当时还不屑地撇嘴,直到第二天上学,再没有人跟她说话,没有人跟她玩游戏。所有人都去上活动课了,不知情的她被锁在教室外面。绕了几栋楼终于找到班集体,却亲眼看见周沁水一个一个跟他们在拉钩:"谁都不许搭理苏桔!"

父母常日忙于赚钱,老师也不能次次强迫别人跟苏桔玩。苏桔越来越沉默,她渐渐习惯了笑容得不到回应,习惯了一个人上学、放学,习惯了面对周沁水的挑衅和排挤。

最严重的时候,有人为了讨好周沁水,跑去苏桔面前吐口水,用十分伤人的话骂她、嘲笑她。苏桔忍无可忍,拧着一股子劲就跟人扭打起来,直把那个小男生揍得眼泪汪汪。

这件事的后果是,苏桔被周主任罚在全校面前做检讨,所有人都用看好戏的眼神看着她。十二岁的苏桔,失去了朋友,失去了尊严,人群散尽后,她蹲在主席台上痛哭失声,像只受伤的小兽。

大概也是从那时开始,苏桔再不主动去接近别人,在惨淡的成长过程中,她把自己变成一块冷漠坚硬的顽石来对抗那些伤害,忘却自己也曾是欣欣向荣的太阳花。

好不容易熬到了中考,在考场外面,周沁水还得瑟地对苏桔说:"好好考,终于有机会脱离我了,你欢呼吧。"

谁都没想到的是,高一入学时,她们竟然又分在了同一个班。

"我是在讨好同学,可是我没有坏心,我不想再孤孤单单,我想跟他们做很好的朋友。而你呢?你为了显示自己有多了不起,恶意置我于孤立无援的境地,让我的青春充斥着灰白色的悲哀。你有什么资格指责我呢?"苏桔通红着眼,拼尽力气喊出这句话,然后掉头离开了操场,背影在空荡荡的风中落寞又孤绝。

四周一片唏嘘。有人追着苏桔的脚步而去,开始是一个,然后是两个,接着是哗啦啦的一大群人,没有人再记得先前周沁水说的话。

云卷了又散,澄碧澄碧的天空下,周沁水呆呆地站着,她脸上的表情,跟那年苏桔被锁在教室外面时一模一样。

优格女生轻小调

那天之后,苏桔反而得到了更多的善意和温暖。

苏桔去买东西的时候有人陪,苏桔的作业本有人帮她带,这些年被恶意夺走的东西,好像在一夕之间悉数还报于她。无人搭理的周沁水觉得快要窒息,也终于对这些年苏桔的经历感同身受。

那种感觉,就像一座孤岛漂泊于茫茫大海,云烟过境,冷风侵袭,却无处依靠,她觉得有些难受。她想,苏桔如今的转变如此大,是因为想要在新的环境里重新生活吧,可偏偏被自己这个罪魁祸首毁了。

"秦洛,我那时真的是习惯了以自我为中心,所以才去打压不顺从我的苏桔。而现在就是嫉妒苏桔比我受欢迎,没想到会给她造成这么大的伤害。"周沁水垂头丧气地对着自己现在唯一的朋友倾吐心声。

秦洛建议她跟苏桔握手言和,可周沁水皱了秀气的眉,想也不想就拒绝了,不是她不愿意,而是趾高气扬了这么久,实在放不下身段。

两个人趴在窗沿上说话时,苏桔正从楼下走过,不知名的白色小花飘落,苏桔从头发上掐下一片花瓣,伸手举到空中仔细看着。

风起的瞬间,也吹落了斜斜摆放在相邻窗台上的拖把,"啪嗒"往下落的瞬间,周沁水想也没想地对着楼下脱口大喊:"苏桔,快让开!"

拖把砸在距苏桔一米远的地方,梳着整齐刘海的苏桔,无辜地抬头望过来,手里还握着那片花瓣。

周沁水抓抓头发,一脸尴尬地缩回了头。

"周沁水,你其实是个好女孩儿。"秦洛拍拍她的肩膀,笑眯眯地走了,他没看到周沁水在背后对着他龇牙咧嘴地挥拳。

不知是从什么时候起,周沁水渐渐觉得苏桔没那么讨厌了。比如她知道,苏桔一个人打扫全班卫生有多么辛苦;比如说要陪苏桔做黑板报的女生,其实是苏桔在帮她完成任务;再比如,不再封闭自己的苏桔,温暖美好得让人不由自主地想靠近。

周沁水没让自己纠结太久,坦率如她,径直跑到苏桔面前说:"苏桔,我们握手言和吧,我再也不针对你了。"

"好。"苏桔只惊讶了一瞬,然后浅浅地笑了,她甚至主动牵起了周沁水的手。

以前怎么没发现苏桔是这么宽容善良的女孩儿呢？受宠若惊的周沁水有些遗憾地想，已然忘了自己当年要那么固执地针对苏桔的原因。

仇恨持续了很多年，友情却开始得很简单。在短短的半个月里，她们培养了很好的默契，出入俨然一对闺蜜，让同学们都大呼意外，连带苏桔跟秦洛也成为很好的朋友。

秋天快要结束的时候，苏桔和周沁水去剪了一个一模一样的发型：很简单的中长发柔柔地垂在耳边，发梢微微打卷。她们在大大的镜子中看彼此的样子，然后嘻嘻哈哈地笑闹作一团。

5

冬至那天是苏桔的生日。她邀请了班上的同学在家里开了个小小的聚会。

周沁水第一次去到苏桔家里，苏桔的父母都不在，装修精致的大房子里，经常孤孤单单地住着苏桔一个人。

两个小姑娘牵着手，转圈圈一样，快乐地将家里的每个房间都逛了个遍。

聚会中途，秦洛去找周沁水，却看见正站在苏桔卧室中的她把礼物盒中那串剔透的蓝色手链戴在了自己手上，然后神色自若地回到了客厅里。

他轻轻"啊"了一声，想叫住她，让她把手链放回去，可看着来来往往这么多人，还是没喊出声来，一个抬眸，看到对面的阳台上站着不动声色的苏桔。

"我初三的时候就发现周沁水有偷东西的毛病。"苏桔看到了刚刚发生的一切。

秦洛哑然，不由自主地帮周沁水辩解："她只是习惯了从别人那里拿走自己很喜欢的东西，并不知道这种行为是偷。"

"可终究是不好的，秦洛，我们帮她改正这个坏习惯吧。"苏桔仰起脸，带着一丝恳求，"毕竟我们都是她的好朋友，不是吗？"

秦洛无从拒绝。

快要期末考试时，苏桔带了一支新的录音笔到学校来，她把英语单词等要记忆的资料都录了进去，没事的时候就听听，复习效果相当好。

周沁水对电子产品一向没有抵抗力，她求了爸妈很久，可他们觉得这并不是什么好的学习工具，因而拒绝了她。

事情发生在一个上午。做完广播体操，周沁水第一个回到教室，经过苏桔座位前时，那支录音笔就放在课桌上，她随手就拿起来放进了自己的口袋里。

"周沁水，你怎么可以偷我的东西！"就在此刻，身后突然传来苏桔难以置信的呼喊声。周沁水的动作倏然顿住，立即就涨红了脸："我没有……"

然后教室里就拥入一大群人，其中掩映着秦洛惊慌失措的面容。

有关高一某班的周沁水是个小偷的事，一天之内传遍校园。

6

那个计划是苏桔想出来的，她提议适当给周沁水一点儿教训，这样她才会有所收敛，所以就拿了周沁水早就嚷着想要的录音笔做诱饵。

当时苏桔答应不会让第三个人知道，秦洛并不知道她其实叫了所有人在外面围观，刻意要周沁水难堪。

失魂落魄的周沁水从办公室出来时，秦洛等在外面，笨手笨脚地跟她解释，可她根本听不进去，绕开了秦洛，在走廊上找到了苏桔。

"你为什么要这么对我！我们不是好朋友吗？"

苏桔淡淡地看着她："周沁水，你不要太自以为是，你不想跟我做朋友就排挤我、打压我，你想跟我做朋友时，勾勾手指我就要乖乖地回到你身边。你对我做了那么多过分的事情，可连一句道歉都没有，我才不会跟你这么自私恶毒的人做朋友。"

周沁水想说，她当初什么都没说是因为以为她们已经是朋友了，即使没将抱歉说出口，苏桔一定会懂她内心的歉疚。她还想说，她是真的把苏桔当好朋友。

可苏桔没给她说话的机会，她深吸一口气，继续说："是，这件事就是我设计的，初三时我就发现你好几次偷了朋友的东西，可初中的学校是你的地盘。你知道我忍着这个秘密忍得多辛苦吗？你以为我们又在同一个班里真的是巧合吗？是我自己主动要求分到这里的。为了要你也尝尝众叛亲离的滋味，我已经等了很久了！"

周沁水瞠目结舌，到最后，她只是干巴巴地吐出一句："你不是为了得到朋友什么都可以忍吗？你现在这个样子会让信任你的人失望的！没准儿会再次被孤立。"

苏桔冷笑："你错了，我根本不再怕任何人讨厌我，我从没有想过得到任何朋友，只要我不付出真心，我就不会再被抛弃。"

"这样子……"周沁水听到自己涩涩的声音，像小时候喝了最难喝的中药后，从喉头直抵心坎，苦涩难当。

苏桔怜悯地看了周沁水一眼，然后优雅地转身走远了。这是她最漂亮的反击，蛰伏三年的不甘、愤恨，在这一刻，终于得到尽情释放。

周沁水晕晕乎乎地站在那里很久没动，黄昏的阳光将她切割成两半，一半在光里，一半在影中。

直到秦洛举着录音笔突然出现，一脸期盼地看着她："我把你们刚刚的对话录了音，只要我们把录音公布，苏桔也会得到惩罚的。"

单纯的秦洛一心想要弥补自己的过失，想要带给周沁水安慰。可已经哭得无声无息的周沁水却摇了摇头，"算了吧，我不想再争斗下去，就到此为止，我跟她，谁也不欠谁了。"

做错过的事情，总要承担后果。以前的周沁水不懂，甚至根本不知道什么是对错，可她现在懂了，就不能一错再错。

7

周沁水没有参加期末考试，事实上自从那天之后，她就再也没来过学校。苏桔从各种渠道打听到消息，周沁水要转去省城上学，寄宿在亲戚家里。

已经是寒冬的天气，树木散发出辛凉的气息，苏桔觉得有些怅然若失。她想念刚上高中时的第一个黄昏，一切仿佛都刚刚开始。可她现在恍惚觉得，那已经是很久很久之前的时光了。

她没想到秦洛还会找自己，这个一直像骑士一样守护在周沁水身边的男生，他的眉宇间多了几许忧伤。

"苏桔，你一定忘了吧，当年那个向你吐口水的男生，就是我。我是被一群坏男生逼着去骂你的，你揍了我一顿，周沁水变本加厉地针对你，也是帮我报仇，她还去威胁那些坏男生不要再欺负我。"

苏桔愣了愣，混乱拥堵的记忆中，已经没有当年那个小男生的面孔。

秦洛将那支录音笔还给苏桔，表情郑重地说了很多。

他说，周沁水骨子里并不坏，之所以任性妄为也是跟她的家庭环境有关。小时候她爸爸总是没收同学们很多的东西，她习惯把那些东西占为己有，在她看来，那些并不是标价的商品，不能算偷，她爸爸对她宠得不得了，却不知道这其实是捧杀。

秦洛最后说："每个人的秘密都是有原因的，没有人无缘无故长成令人讨厌的样子。苏桔，请你忘掉那些伤害，重新生活吧。这也是我和周沁水共同希望的。"

秦洛离开后，苏桔认真咀嚼着这句话，想起那个坦荡荡地站在自己面前说要和自己做朋友的周沁水，想起那个曾发誓再也不需要朋友的自己，忽然就原谅了她，也原谅了自己。

那在黑暗和孤独中蛰伏的三年时光，赋予了她如今从容温暖、无所畏惧的美好品质，它们穿越岁月的长河，历久弥坚，促使她变得更强大。

脑海中浮现出那张俏皮坦率的面容，还有她们为数不多的和平相处的美好时光，她在心里轻轻地说："对不起，周沁水。"

这样也好，让她们独自成长，各自经历青春的风风雨雨，也许他年他乡再重逢，还能一笑泯恩仇。

浅吟 轻唱

用真诚浇灌的浪花，可以飞溅起整个海洋。

我以为我们长大后就不会再哭

WO YIWEI WOMEN ZHANGDA HOU JIU BUHUI ZAIKU

文◎麦 九

如果我把星光都捡起来，是不是就能汇起一条银河，照亮你的世界？

亚梭，我一天天地想你，想你对我说，长大后，再也没什么能让我们哭。

宁多多是个蛮牙尖嘴利的小姑娘

那一年的花巷，还是那条古朴的小巷子。

那么挤、那么窄，好像走进去都得侧着身。铺着青石，两边都是低矮的老房子，最高也不过三层，开着窗，窗台上种满花，都是随随便便不用照料就能活的花儿，一年四季地开着，把小小的巷子衬得姹紫嫣红。

许亚梭经常站在楼下喊："多多！多多！"

"来了！"多多伸出头喊道，然后便蹦蹦跳跳下楼。

小屁孩多多跟许亚梭是邻居兼同学，经常一起上学。

多多爸妈都是盲人，在花巷开了家推拿馆，说是馆，其实就两个人的小店。许亚梭家也一样，他妈妈在街角摆了卖面线糊的小摊。

和往常一样，他们边走边聊，快到学校时，多多问："亚梭，你钱带了吗？"

昨天放学前，老师叫他们交钱，一人四十八块，要买复习材料。许亚梭点头，多多也带了，她想起妈妈拿钱给她，一张张点着，最后万分不舍抽出一张五十大钞，嘱咐着："你别丢了，丢了，妈妈可不会再给你。"

多多看不上妈妈这市井小民的小家子气，说："你别收了假币，让我在同学面前丢了脸。"

"这绝对不可能。"多多妈骄傲地说，"别的不敢说，妈妈这双手比别人的眼睛还灵，一摸，是真是假立马就知，再闻一闻，这钱主人的职业、性别、年龄都嗅得出来。"

"你还不如说生辰八字都能摸出来。"

多多故意堵妈妈，把妈妈气得直喊，儿女就是父母的债，多多就是个要债的。

虽说家庭情况比较特殊，宁多多可不是个谁都能捏一下的包子，她是个蛮牙尖嘴利的小姑娘，不让任何人看扁她一下，也不自怨自艾，一家子开开心心的。

多多把妈妈的吹嘘告诉亚梭，两人有说有笑到教室，一进门，就听到有人喊。

"金多多，银多多，福多多，喜多多，宁多多，你带材料费了吗？"

因为他是亚梭

是吕宋，多多的同桌，也是班里的小干部一名，负责收材料费。

多多很不喜欢吕宋，从开学第一天听到她的名字就喊"金多多，银多多"后面还跟着一大串多多，她就觉得特别烦。况且多多很烦吕宋的做派，做了点芝麻小官，就拿鸡毛当令箭，亚梭多优秀啊，也没他这么多事。

亚梭长得比同龄人高一点儿坐后面，多多坐第三桌，拿了铅笔在钱上签名。这是惯例，老师也怕收到假币，都让他们先签名，多多把钱递给吕宋："找我两块。"

她从来就不会给吕宋好脸色，吕宋也不生气，接了钱看了下，脸色一变："多多，这张是假币。"

"怎么可能是假的？"多多急了，不高兴道，"吕宋你别瞧不起人！"

"这绝对是假币，我妈教过我，你看这花纹，不一样。"

吕宋家开了蛮大的烟酒行，有时候也会帮忙看店，跟宁家的小推拿馆不同，烟酒行出手都成百上千，那年头，五十、一百是真正的大钞，小推拿馆推拿半天也没多少钱。两人最后闹到班主任面前，班主任也说是假币。

多多拿回假钱，沮丧极了，吕宋在一旁说："老师，多多不是故意的，她爸妈看不见。"

本来就难过的多多听到这话，越发觉得吕宋是小人精，她讨厌别人拿她爸妈是盲人来说事，好像要低人一等，好像就要博取同情。回教室时，吕宋又说："多多，要不我帮你出，反正也没多少钱。"

多多的炸药包瞬间被点燃了，她机关枪似的扫向吕宋："你是我的谁？要替我出钱？我没钱吗，用得着你出？吕宋你家是不是钱多得是，到处撒着玩？"

"我只是——"吕宋被说得脸一阵青一阵白，杵在原地。

亚梭在教室外面，担心地看着她，多多像泄了气的皮球："假的。"

她又问："亚梭，你有多带钱吗？"亚梭摇头，他也只带了自己的。

吕宋走过来，瞪着眼睛问："你不是不要别人帮你出吗，他怎么可以？"

"因为他是亚梭。"多多和亚梭进教室，她没注意到，后面那个养尊处优的少年神色阴沉，紧紧捏着那张纸币，眼里全是不满。

优格女生轻小调

是啊，长大了，就什么都不怕了

那一年，多多、亚梭、吕宋都只有十来岁，刚上初一。

十三四岁，最幼稚任性的年龄，偏偏自以为很成熟，明明什么都不是，还自尊心强得跟顽石似的，觉得全世界都得为自己让路，都得围着自己转。

多多的低气压持续了一整天，浑身都不舒服，感觉同学和她说什么都暗有所指，都包含同情，都在说"你看，她爸妈是盲人，连收到假钱都没发现"，她不觉得丢脸，就怕同学看不起爸爸妈妈。

别人看他们是盲人，未了解就带三分同情。其实多多一点儿也不这样想，相反，她觉得爸妈很厉害。

他们看不见，但他们和正常人一样结婚生子，生活工作，靠自己，不依赖，也从不给别人添麻烦，光是她惹妈妈生气躲起来，妈妈凭着呼吸就能抓住她，就比正常人厉害！爸爸呢，总是笑呵呵的，坐下来手按几下，客人有什么毛病，一摸就出来，很牛气的。

但极少有人看到这些，一家三口出去，多多走到哪儿，都会被夸漂亮。起初多多还挺高兴，又觉得不对劲，她一个人出去玩，怎么没人夸她漂亮。后来，她对着镜子看了半天，也不清楚自己好不好看，她去问亚梭。

亚梭看着她，认真地说："你当然漂亮，多多最好看了。"

多多很开心，只有亚梭夸她漂亮，她才会相信。其他人的呢，就是善意的谎言。小姑娘年龄不大，心眼儿可多了，同学再好只是同学，老师再好也只是老师，只有亚梭，和她从小玩到大的小伙伴，才是她的朋友，真正的朋友。

多多一整天没和吕宋说话，放学后，亚梭和她一起回家。

多多绞着那五十块，恨恨地说："亚梭，你说那些人怎么这么坏，连盲人都骗。"

这五十块，爸爸妈妈得按两三个小时，推拿是靠手艺和体力吃饭的，力道重了，客人不舒服，轻了，没效果，隔着肉层，按下去，得拿捏得住穴位，力道得够。推拿推拿，推下去才能拿得住，推拿两个小时，客人睡一觉舒坦了，推拿师一身汗。

多多研究过爸妈的手，和自己不同，指关节长着肉肉的小球，妈妈的手更是严重变形，别人的手指是直直的，她是歪的，不在直线上。有时候妈妈会开玩笑说：

"多多，你再不长大，妈妈的手都要废了。"

　　多多虽然不说什么，看着妈妈歪歪斜斜的手指，还是会心疼，他们要活得和正常人一样，必须更加辛苦。

　　亚梭不知道如何安慰她，小本生意就是这样，赚钱不易，收张假币，一天的辛苦就没了。他望着她："没事的，多多，长大后，我们就有很多钱了。"

　　"是吗？"多多歪着脑袋问。

　　这是亚梭特有的安慰方式，他总是说，长大后，我们就怎么了怎么了，仿佛长大是件很美好的事。亚梭总是渴望着长大，他说他太小了，他长大了，就变强了，能保护妈妈，能保护多多。是啊，长大了，就什么都不怕了。

　　多多又高兴起来，把假钞铺平："这张得撕了，别出去再祸害人。"

　　她就要撕，亚梭想到什么，制止她："多多，这张给我吧。"

　　"你要干吗？"

　　亚梭眼神黯淡下去："打发我爸爸。"

　　亚梭的爸爸是个醉鬼，听说他爸爸以前也是很有钱的人，后来做生意被人骗了，想东山再起又失败了，从此一蹶不振，到处喝酒，喝到哪儿就住到哪儿，从不回家，即使回家也是找亚梭妈要钱。多多见到几次，和亚梭一点儿都不像，穿着破旧的西装，一身酒气，特别凶，亚梭妈不给他钱，他就抢，抓起就跑，留下一地狼藉和被推倒在地的亚梭妈。

　　起初亚梭妈还会哭，后来次数多了，她也麻木了，主动给他一点儿钱，打发走。这假币用来应付醉醺醺的亚梭爸再好不过了，多多把钱给亚梭，看他收好，眼里有些沮丧。

　　亚梭多好啊，偏偏有这么个爸爸。多多踮起脚尖，好哥们儿似的搂着他："亚梭，你放心，长大后，我们就不怕你爸了。"

　　"嗯。"亚梭点头，对啊，长大了，什么都变好了。

多多，你要做个善良的人

　　晚上，多多跟妈妈说了假币的事。妈妈又万分不舍地抽出一张大钞，又不放心："来，老宁，摸一下，别又是假币。"

多多爸细细地摸索，闻了下，一本正经："男性，三十出头，有钱人。"

多多瞪大眼睛："真的吗？"

"当然，我闻到暴发户味！"

多多妈一巴掌把丈夫打开："忽悠谁呢。"

她又嘱咐："别丢了，多多，这次要再是假币，妈也不给你了。咱们赚钱多不容易……"

这世上就没有哪个妈妈是不唠叨的，多多边听，边去拉妈妈的手，歪歪的手指，好丑，不像手，倒像爪子。她说："妈，你放心，我很快就长大了，长大了，就让别人给你推拿。"

这句话能让多多妈明天见到谁，又是精神饱满的一张脸，笑容满面地说"老板好"。他们这一行，见谁都是叫老板，小时候多多坐在学步车上，带到店里，学的第一句话就是老板，没办法，耳濡目染。

多多把钱收好，去做作业，回头看到爸妈抱着收音机回房，房间有点暗，就开着床灯，其实他们根本不需要开灯，这灯是为多多留着，万一女儿做噩梦了，下雨打雷了，想和他们一起睡，方便看路。

盲人点灯，从来不是为了自己。多多爸经常这样说，他还说，多多，你要做个善良的人。多多记住了，她要做个善良的人。

她做完作业，看到对面亚梭的房间还亮着，她关了灯又打开，意思是，我要睡了，你呢？那边的灯也一明一暗，我也要睡了。那明天见，晚安。灯光连续开关两次，多多关灯上床。

这是他们的灯语，只有他们懂什么意思，就像彼此才知道的秘密。

多多躺在床上，想起那张假币，想起那些说按摩就得找盲人的老板，想起不时出现在亚梭脸上的伤痕，亚梭妈忙碌佝偻的身影，混浊麻木的眼睛，心里有些难过，唉，要快点长大才行。

可是她又想，明天太阳一升起，她会被窗台的花香唤醒，亚梭还会站在楼下喊她，又觉得没什么大不了。你看，只要她打开窗，屋外的星空可没吝啬过谁，会给她一室月光。

流绪/微梦

在这场还未开始就已结束的爱情里,两个人都太骄傲也太矜持,一点点地试探对方,发现没什么反应,就觉得受到了伤害,急着放弃。年少时的我们,还不懂得,爱情除了尊严,还需要耐心。

优格女生轻小调

如果这个世界只剩我和你
RUGUO ZHEGE SHIJIE ZHI SHENG WO HE NI

文◎寒飞飞

2010年的夏天,我们家发生了一件"普天同庆"的大事,我在中考时人品爆发考上了市一中。

收到录取通知后,我抱着这张薄纸在老爸的镜头下摆了无数个姿势,连QQ(一种网络即时聊天工具)昵称都改成了沈一中。

在我的观念里,学生分为三种,一种是高智商的天才型学生,一种是具有拼命三郎气质的努力型学生,剩下的一种就是像我这样的差不多型学生。既没有高到惊人的IQ(智商),也没有头悬梁锥刺股的奋发主义精神,只要差不多就行。

老爸老妈还就我到底要不要去一中读书召开了一次家庭会议,他们担心我适应不了那里的学习环境。本来我也有所顾虑,但在得知一中的择校费高达五万块的时候，我果断做了决定：绝对不能浪费了那五万块。再说了，我甩甩头，虽然本人和天才还有段不小的距离，也不够勤奋，但我对自己的智商还是有那么一点儿信心的。

其实一中的学习生活并没有我想的那么痛苦，老师和同学还是很友爱的，尤其在我收获宋启绘这个闺蜜后，越发觉得自己做了正确的选择，即使她就是我平日羡慕、嫉妒、恨并别扭到不稀罕与之为伍的天才型学生。

开学第一天，我和宋启绘就迅速打成一片，在世界友谊之林种下了一棵名叫"沈宋"的小树。后来得知她就是我们市的中考状元后，我惊呆了。这个和我一见如故、相见恨晚的人居然还是个学霸？我表达了我的疑惑。但是在目睹了她在分分钟之内搞定数学老师发下来的据说是难倒众多尖子生的题后，我就彻底折服了。

结束又一个令人昏昏欲睡的早读后，我打着哈欠看了眼正趴在桌上呼呼大睡的宋启绘，叹了口气。和天才做朋友果然是要付出代价的，比如会经常受刺激。

期中考试惨不忍睹的成绩让班主任把我提溜到了第一排，我虽然不愿意，但在老班的黑脸下也只能撇撇嘴遵命，唯一让我感到安慰的是宋启绘也够义气地随着我搬到了第一排。

根据学校传统，高一楼被称为"天堂"，高二楼被称为"人间"，高三楼则被称为"地狱"。我所在这栋楼的对面正好就是地狱楼，简称"地狱"。让地狱直击天堂，我觉得校领导有些残忍。

因为第一排的地理位置，通过窗户我可以看到地狱三层最右边的教室的后窗那儿坐着一个男生，也因为该男生较高，所以即使他坐着我也能在他无意间转头的时候看到他那张英俊的脸。好吧，我承认我已经偷窥好久了。经过不懈地观察，我还发现那个男生有时会在窗户边进行晨读，有时会在课间看看窗外的风景。

"沈珹，看什么呢？"宋启绘又一次在下课时间准时醒来。

"没什么啊。"我忽然有些心虚，连忙把头扭回来做无事状。

"快，老实交代！否则，哼哼，以后数学作业就自己想办法。"刚刚还迷迷糊糊的宋启绘瞬间回到满血状态，清醒速度之快令人咋舌。

"我在看……"话还没说完,宋启绘就抢过话头,"你要跟我说你在看风景,就做好自己写数学作业的打算吧。"

"……"我在鄙视宋启绘威胁我的同时也暗暗唾弃自己,为什么要心虚啊?怎么跟做了贼一样?不是说好了有帅哥一起看吗?

"地狱三层最右边的后窗那儿。"按捺住心中的异样又权衡了下利弊,我老实交代,毕竟数学作业真是个老大难问题。

宋启绘一边向外张望一边嘲笑我的智商:"沈琬,你就没有说谎的资本,窗外就一个草坛子,值得你把眼睛都看直了啊!"

我趴在桌上忽视这厮的嘲笑,想起来天堂和地狱之间还真的只有一个花坛,因为校工的疏忽已经很久没有种花了,现在还剩下一堆没来及处理的杂草。

"他?"宋启绘忽然尖叫起来。

我的心一颤,"怎么了?你认识?"

"没啊,我就是觉得人家长得帅。"宋启绘一副"我怎么会认得如此帅哥"的表情。

我的心跳渐渐平稳下来。

"沈小姐,你喜欢上人家了?"宋启绘突然贼笑着说,"你都不知道,你刚刚的表情有多失望,啧啧,你肯定喜欢上人家了。"

我没有说话,我在思考,然后我觉得她说对了。

3

作为损友,宋启绘信誓旦旦地保证会给我弄到那个男生的所有信息,我把头摇得像拨浪鼓。

"不许去!你要是去了,就别想我抄你的数学作业!"

按照常例,我们班每两个星期会换一次座位,由于我对这个位子的感情产生了质的飞跃,我不想换走了。于是我主动找到班主任,首先感谢了老师的悉心安排,然后表示坐在第一排我的学习积极性得到了很大的提高并希望就此安营扎寨。老班同志当即被感动,表示愿意提供一切条件让我更好地学习。为了使我的话有说服力,从来不晓得勤奋为何物的我,开启了学霸模式。

让我备感欣慰的是，那个男生也一直没有换过座位。

夏去冬来，期末考试在男生换上羽绒服后的第三个星期到来，经过令人煎熬的考试后，寒假来临了。

放假的那天，我一边叹气一边收拾书本。

"怎么了？放假还不开心？是不是舍不得帅哥啊？"宋启绘坐在课桌上晃悠着长腿调侃道。

"一半一半。"我撇撇嘴抖抖手里的成绩单，绝对不承认即将一个月见不到那个男生的事实比数学分数更让我沮丧。

"沈珰，这可不是你的风格，要自信！"

我点点头，对，要自信！于是我振臂一呼："帅哥和数学分数都会有的！"

然后我看到宋启绘的表情扭曲了，我忽然有了种不祥的预感，缓慢地转过身，班主任绿着脸站在我身后。

哦，惨了！

忘乎所以的结果就是，班主任给我上了一堂长达三个小时的政治课，其间我计算到他共起身倒了七次水、去了四次厕所。最后我痛心疾首地表示，数学分数可以有，必须有，没有也要有！帅哥不能有，必须不能有，有也不能有！进行了深刻的自我批评后，我带着班主任倾情奉献的三本数学习题沉痛地走出了办公室。

4

只是到寒假快要结束的时候，那三本数学习题和原来并没有本质的区别，依旧是雪白一片，而我新买的那本日记本却已经被填满。

有些不是滋味的寒假终于过去了！

正月十五那天晚上，我兴奋无比地背着书包去学校。积极的模样让老爸老妈疑惑的同时也深感欣慰，我心虚地挥挥手跟他们告别。

嘿嘿，马上就能见到他了，我拼命扯回快咧到后脑勺的嘴角。

可是生活总会在你开心的时候给你一瓢冷水。我盯着地狱看了一个晚上，把脖子都扭歪了也没能看到那个身影。

第二天、第三天……依然没有见到他，失落就像洪水一般向我袭来。宋启绘贡献了无数个笑话，我还是闷闷不乐。

终于有一天，他出现了。我心满意足地看着那个身影，沉浸在喜悦中的我完全没有意识到偷窥早已变成了大刺刺的观赏。

见不到时会想念、会失落，看到了比吃了大力丸还给力，我想我真的沦陷了。

"你真的不去打听打听人家吗？说不定人家也欣赏你呢？"宋启绘又在怂恿我。

我摇摇头，不仅因为他马上就要高考了，还因为害怕被拒绝。

很快，那一年的高考如期而至。两天的考试，我在家坐立难安。

之后我就再也没有见过那个男生了，对面的地狱也只有偶尔出现几名来玩闹的学生和收拾教室的校工，可我依旧改不了扭头看那扇窗户的习惯。

那天，我又一次不自觉地望向那扇窗户。因为长时间没有人擦拭，窗户上已经有了厚厚的一层灰，里面的桌椅也看得不太清楚了。看着脏兮兮的窗户，我的鼻子开始发酸，眼泪也一滴滴地砸在桌上。

"二玭，你别哭啊。"宋启绘轻声劝我。

"我难受……宋启绘，他根本就不知道我是谁……"

"胡说，谁说他不知道你……"

我抬头看她，什么意思？

"呃，我是说，那个……你是女的，他……"

我苦笑，怎么会有这种不切实际的期待？胡乱地抹了把脸，我对宋启绘说："我决定了，我要忘了他！"

宋启绘张了张嘴，想说什么却没说出口，只是拍了拍我的背。

5

然而，接下来的事情让我知道了什么叫作人算不如天算，也让我明白了再坚硬的誓言在碰到心底最柔软的东西时也会像马奇诺防线一样不堪一击。

一个星期后的一天。

我瞪大眼睛看着旁边队伍里的那个男生，觉得嘈杂万分的食堂顷刻间安静了下来。

这是我第一次如此近距离地看那个男生，在同一个空间里，我忘记了矜持，呆呆地将视线定格在他脸上。

也许是我的视线太过热切，那个男生注意到了我还冲我笑了一下，惊得我手里的餐具"砰"地掉在地上。我的动静使得男生嘴角上扬的弧度越发大了。我只觉得脸一热，再顾不得地上的餐具拉着宋启绘就跑，和风声一起传入耳朵的还有宋启绘的怒吼："沈琬，我还没吃饭呢！"

人人都说，坚持就是胜利。但是我一直认为，想要达到最终的胜利光靠坚持是不够的，还需要良好的外部条件支持。就好比一个立志戒烟的人在即将迎来成功的关键时刻，别人又主动给他递了一支烟，要知道黎明前是最黑暗的时刻，于是他没有抵制住诱惑接下了那支烟，然后一下回到了解放前。

我就是这样的感觉，自从上次哭过之后我就决定忘记他。可是那天从食堂出来后，我就异常清楚地知道，之前的努力全都白费了。

时间像一匹小马"嘚嘚"地往前赶，暑往寒来，我的高三也来了，当年的天堂也变成了地狱。

很多东西都会随着时间的推移而褪色，但是我脑海中的那张脸却并没有被时间抹去痕迹，线条明朗表情生动，想要模糊一点儿都不能。我虽无奈但也只能接受这个事实，我还是喜欢他。

渐渐地，班里开始弥漫起一股紧张的气氛，大家都在压抑也都在拼命。我虽然不爱学习，但在高三面前也只能低下高昂的头，只是在紧张的学习之余，我还是会在日记中添上几笔。

宋启绘不喜欢班里的氛围申请了回家复习，还告诉我她堂哥本来也是在家复习的，但为了一个女生留在了学校。我表达了对该女生的羡慕和对她堂哥的赞美后，挥挥手送走了宋启绘。只是临走时宋启绘脸上古怪的笑容我没有懂也没有时间琢磨，我得去学数学。

一直以来，数学都是让我觉得生活不美好的一个重大原因，凭借着不太低的智商和努力，我的语文、英语、理综都能拿到一个不错的分数，可数学就是不行，哪怕有全市第一的宋天才给我开小灶也不行。每天我面对密密麻麻的数学题都能急得哭出来，可是哭完之后还得继续做题，再急哭，如此循环，才一个月的时间我就开始急剧地消瘦。

一天，宋启绘跑到学校一脸兴奋外加神秘兮兮地递给我一个笔记本："喏，拿去。"

我接过来，问："什么东西？"

"你自己看！"

我疑惑地翻开，是数学笔记。笔记内容非常详细，重点的难懂的地方还用好几种颜色的笔做了标注，每个知识点后面还配上了典型例题，还有作者根据经验列出的可能会考的题型，甚至贴心地准备了放松的小笑话，简直比辅导材料还好用！

"这是我哥给我的，不过你也知道本天才怎么可能需要这个，赏给你了！"

我激动地抱住宋启绘："宋启绘，我谢谢你！我谢谢你哥！我谢谢你全家！"连我这个数学笨蛋都能感受到那本数学笔记的光辉，绝对是好货！

6

偶尔宋启绘也会问我还喜不喜欢他。

我说喜欢。

每当这时，宋启绘就会不遗余力地表达自己的不理解，怎么会呢？明明两年来没有见过一次，明明没有过任何交流，明明不知道他姓甚名谁家住何方……

我也有些无奈，三年了，喜欢似乎已经成了一种习惯。只是新生来了后，我就申请换了座位，也很少往那个方向张望了。

高考的那两天一直在下雨，我记得前年高考的时候也是在下雨。

考试结束后，我没了复习时想要烧掉数学书的冲动，反而把那些书都整理好放在了书架上，不清楚是怎样的心情，有解放有欢乐，更多的还是怅然若失。

因为有了那本数学笔记的帮助，我的数学拿到了一个非常漂亮的分数，于是总分也非常可观。宋启绘则是一如既往地优秀，时隔三年依旧是我们市的状元。

知道我的高考成绩后，老爸老妈非常高兴，我从来没见他们这么高兴过。我看着他们不停地打电话给各位亲朋好友报喜，听着他们透着喜悦的声音，突然觉得很幸福。老沈同志甚至模仿我三年前给自己改的昵称叫我"沈重点"，我笑眯眯地答应，后悔自己为什么没有早一点儿懂事。

填高考志愿时,我选择了北方的学校T大作为第一志愿,剩下的三个志愿也全填在了北方。因为从小一直生活在江南水乡,我对塞外漠北的生活一直有着莫名的向往,去北方读大学也算是给自己圆一个梦。

没有高考压力的暑假非常清闲。三个月里我做得最多的事情就是翻看这三年里记下的日记,总觉得自己该做些什么却无从下手,有一种深深的无力感。

有人说篆刻最大的艺术技巧在于留白,而我的空白不需要技巧,因为都是空白。有时候,我也会怀疑这三年日记本里的那些是我梦中的呓语,因为除了这些就真的只剩下空白了。这些空白就像黑洞,我怕身陷其中却又一点点被它吸引,想要抗拒却又力不从心。

离家的前一天,我把日记本封好放在床底,同这三年的感情做了告别。明天就要离开了,不能站在他站过的土地上,不能和他在同一座城市呼吸,更不可能再见到他,一切的一切都是不可能。我以为此时老天会应景地下点儿雨来配合我的心情,可是安静的夏夜连风都没有。

躺在火车的床铺上,我给宋启绘发了条短信,告诉她我要忘了过去,要在新的地方开始新的生活。宋启绘却告诉我,有缘千里来相会,还附加了一个坏笑的表情。我瞪了瞪手机,突然觉得有些烦躁。

7

火车晃荡了一夜,终于在清晨到达了T市。刚出站就看到红色的T大校车非常显眼地停在一边,旁边还有许多穿着志愿者服装的学生。我径直朝校车走去,只是走到一半便再也走不动了。

那个男生正向我走来,嘴角是我温习了无数次的弧度。

"沈琲,是吗?"他停在了我面前。

我看着他胸前"T大志愿者"字样,机械地点点头。

"你好,我是宋启墨。"

宋启墨?怎么这么熟悉?

电光石火间我想起了些什么,心跳也瞬间快了起来。我听见自己用有些发抖的声音问:"你和宋启绘是?"有些呼之欲出的答案,我却不敢去想。

"绘绘是我堂妹。"我没有说话,不知道该说些什么。

宋启墨向我伸出手,"走,我带你去学校。"

"是,我想的那样吗?"我没有理会他伸出的手,只是看着他的眼睛,问得有些艰难。

"是。"

怪不得当初我想要忘记他的时候,他总能适时出现;怪不得每次说到他时,宋启绘总会欲言又止;怪不得填志愿时,宋启绘奋力推荐T大……

感觉有什么东西在心里膨胀,一直扩散到眼睛,我才知道是我哭了。

宋启墨还是保持着伸手的姿势,脸上带着笑,可我却从他的笑容中看到了紧张,甚至他的眼睛里也有了些湿意。

我想我真是活该被宋启绘嘲笑智商低,居然被这对兄妹忽悠了近三年,可是在最初的错愕和愤怒之后依然只剩下满心的喜悦……

原来他害怕我会真的放弃他,特意中断毕业旅行回到学校来给我"加强印象";原来因为女生改变复习地点的人是他;原来那本数学笔记就是他专门为我写的;原来他和我一样,透过一扇窗户就喜欢上了那个窗户后边的人……只是即使他知道那个人也同样喜欢自己也要等到对的时间才会说出口。

流绪微梦

每个人的青春都是一场无法复制的经典。

时光的隔壁，住着老去的少年

SHIGUANG DE GEBI ZHUZHE LAOQU DE SHAONIAN

文◎猪小浅

★ 2000年，你是自命不凡的同桌 ★

千禧年零点钟声敲响的时候，冯莎莎觉得周围每个人都异常兴奋。有人忙着告别旧时光，有人忙着奔赴锦绣前程。而她，却在忙着忧伤。

这一年，冯莎莎带着让人羞愧的成绩升入初中。好在长大，有时候是一夜之间的事情。跨过千禧年，冯莎莎像一头从睡梦中醒来的狮子。她开始摒弃往日里的懒惰，关注起读书这件事。

听课，记笔记，冯莎莎憋着一股劲给自己定了三年目标。一个学期下来，她在班级的排名和她的身高一样，"噌噌噌"地往上涨，最后基本稳定在班级前五名。

十三岁的冯莎莎，生得本就好看，如今更是出落得亭亭玉立。走在校园里，经常有高年级的学长在身后吹起口哨。

天知道班主任怎么会让姜小松成为自己的同桌，这个身高不到一米六的小男生，是这个班雷打不动的第一名，总是一副骄傲自大的样子。他的课桌里有各种新鲜玩意儿，随身听、磁带、小说，冯莎莎看得眼馋。

有时候数学老师讲着讲着，突然点名说："姜小松，这道题你会了吗？"姜小松放下手里的小人书，毕恭毕敬地站起来，很淡定地说："老师，关于这道题我有三种解法，请问您想听简单的还是复杂的？"

真不知道小鼻子小眼睛的姜小松，小脑袋瓜儿整天在想些什么。冯莎莎经常为一道数学题绞尽脑汁仍不得法，姜小松实在看不下去了，就会说："我们做个交易吧，你帮我抄歌词，我帮你补课……"

冯莎莎觉得姜小松的眼睛一定是长在头顶上了，那副自命不凡的样子真是欠揍啊。可为了保持前五名，冯莎莎决定豁出去了。

姜小松让她抄的第一首歌，是2000年梁静茹新专辑里的《勇气》。偶尔心情好的时候，他还会很大方地把随身听借给冯莎莎。冯莎莎的青春，因为有了梁静茹而不觉得孤单。

★ 2003年，冤家路窄 ★

初三刚开学，姜小松突然找班主任换了座位，冯莎莎觉得奇怪。姜小松解释得很离谱，他说两个好学生坐在一起，浪费资源。

马上就要中考，她也没多余的时间跟他计较。不过这样也好，他对她总是一副恨铁不成钢的样子，冯莎莎觉得她的自尊早就被摧残得碎了一地。

两年下来，冯莎莎凭着笨鸟先飞的精神，已稳扎稳打地坐定了班级的第二名。这其中，不得不承认有姜小松的功劳。

2003年，两个人顺利考上市里最好的高中。九月去学校报到，冯莎莎在高一（6）班的名单里看到姜小松，再往下几行就是自己，两个人竟然又被分到了一个班。

冯莎莎惊得差点儿叫出来，全校十几个班级还能有这样的概率，真是冤家路窄啊。

"喂，我们在一个班呢……"冯莎莎领了书本往寝室走的途中，远远看到姜小松迎面走来，忍不住跟他打了个招呼。

姜小松一副淡然而又傲慢的样子："那你又不能考第一了，抱歉啊……"

那语气和表情，让冯莎莎很受伤，她暗暗发誓，高中三年一定要超过他。

其实冯莎莎的文科成绩很出色，只是高中的物理化学明显难了一大截，总体排名被拉了下来，而姜小松竟然"噌"地跑到了年级第一名。

与此同时，增长幅度同样夸张的还有他的身高，一下子长到了一米八，比冯莎莎高出了半个头。

高二文理分班，冯莎莎毅然决然地选了文科。一想到再也不用和姜小松暗暗较劲，冯莎莎忽然有些失落。

不过好在，长了个头的姜小松好像一夜之间换了个人，变得温顺谦和。偶尔在校园里遇到，他还会礼貌地跟她打个招呼。

冯莎莎生日的时候，意外收到姜小松通过邮局寄来的礼物，一个索尼的音乐播放器。

"在一所学校，干吗要给邮局做贡献？"放学的时候，冯莎莎在校门口拦住了他。

"因为想给你一个惊喜……"姜小松挠挠头，支支吾吾的像个做错了事的小孩儿。冯莎莎忽然发现，这个从初中就一直和自己抬杠的小男生，其实笑起来的样子很好看。

"待会儿我有场球赛，有时间来看吗？"姜小松有些忐忑地问她。

那个黄昏，篮球场上飞奔的少年，让冯莎莎的心，七零八落地乱了。

那些懵懂的小情愫，忽然在她的心底生了根发了芽。

★ 2006年，你身边的女孩儿很可爱 ★

高三，每个人都在为高考做最后的拼搏。冯莎莎在走廊看到姜小松的时候，也会不经意发现他脸上的疲惫。

有六班的旧日好友悄悄跟冯莎莎透露，班级聚会上，姜小松喝醉了，一直叫着冯莎莎的名字。隔天有人拿这个取笑他，他却打死也不肯承认。

得知这个小插曲，冯莎莎的心里又欢喜又忧愁。这种小折磨，大概就是喜欢一个人了吧。

黑色的六月过去了，冯莎莎的志愿表里是清一色的上海院校。因为她记得初中的时候，姜小松说过他最爱的城市是上海，而那时她最向往的却是北京。她本想先去问问他会填哪所学校，可最终还是没好意思开口。

优格女生轻小调

而姜小松一考完试，就跟着表哥去了上海，说是要提前体验生活，连志愿表也是让家里人填的。姜小松的父母听从了班主任的建议，改了姜小松的意向，报了清华。

那天冯莎莎站在光荣榜前，突然就红了眼眶。九月开学，两个人一个南下，一个北上。

元旦的时候，姜小松在电话里说要来上海看她，她失落了几个月的心仿佛瞬间复活了。

欢欢喜喜地给自己添置了几件新衣，在网上搜出各种上海游玩攻略，还跟本地的同学讨教哪里的上海小吃最正宗，一切准备就绪，只等着元旦那天，姜小松的到来。

姜小松说大概下午三点到站，冯莎莎两点就坐在候车厅。她忽然有些局促起来，不知道用什么方式跟姜小松打招呼才好。

火车晚点，姜小松到站的时候已经下午四点。同他一起走过来的还有一个洋娃娃般可爱的女生，冯莎莎的心一下子掉进了冰窟窿。

姜小松介绍说："这是沈佳，我的大学同学。"然后转过来对沈佳说，"这是冯莎莎，我的老同学。"

中规中矩，谁都不特殊。

地铁里，冯莎莎看见沈佳有意无意地总是想拉姜小松的手，但每次都被他巧妙地避开了。冯莎莎的心情一下子变得很糟糕，她觉得自己突然变成了一个大电灯泡。

三个人有些尴尬地吃完饭，然后去了外滩。夜景很美，沈佳拉着姜小松合影，她的整个身子都几乎靠在他的怀里，冯莎莎对着镜头，恍惚得差点儿忘了按下快门。眼前的这个少年，忽然变得隔山隔水地遥远。

三天后，他们回北京。在车站，冯莎莎很想当着沈佳的面，对姜小松说出心底的那份喜欢。可姜小松欲言又止的表情，让她犹豫了，然后火车开走，她像是从一场梦里醒来。

★ 2010年，将你拉进黑名单 ★

2010年，冯莎莎大学毕业，和同事在浦东合租一个小居室，享受单身的小快乐。

有天下班回来，冯莎莎刚煮好一碗泡面。打开电脑，高中的QQ群里突然跳出一则消息：班长姜小松下个礼拜结婚，有没有人组团去北京参加婚礼。然后又发上来一组婚纱照，冯莎莎的表情在那一刻凝固了。姜小松身边那个笑颜如花的女子，是沈佳。

当年在车站送走他们，冯莎莎回到宿舍就将姜小松的名字拉进了黑名单，手机、QQ还有那个时候很热闹的校内网，片甲不留。

她也曾幻想着，姜小松会用其他的办法来找她。半年过去，一点儿动静都没有。她开始答应身边的追求者，和不同的人约会，只是心却时常空落落的，很难受。

她在群里说了六个字：班长结婚快乐。刚打完，系统提示有人请求加好友。看到那个熟悉的图像，她犹豫了一下，还是点了"同意"。

姜小松的第一句话是：那时候，你到底有没有一点点喜欢过我？

冯莎莎还没来得及回答，QQ那头还在显示"正在输入"：那年，沈佳追我，我告诉她我有喜欢的人了，那个人在上海。她不信，缠着我带她来上海，然后跟我打赌，只要你说出喜欢我，她就认输，让我们在一起，但这个过程中，我不能先对你表白。我信心十足地以为你会吃醋，我也信心十足地以为激将法对你很有用，就像读书的时候我老是说你笨，你会不服气，然后努力考得更好一样。可这次我却输了，所以回去我答应了沈佳，然后将你埋在心底……我就要结婚了，希望你也幸福。

冯莎莎的眼泪就那么掉下来，她忽然意识到当年梁静茹的那首《勇气》算不算姜小松对自己的表白呢：爱真的需要勇气/来面对流言蜚语/只要你一个眼神肯定/我的爱就有意义。

其实冯莎莎的确不知道，2000年，比自己矮了半个头的姜小松，在她面前是自卑的。自卑到了极端便只能自负，以此保持那份可怜的自尊。

在这场还未开始就已结束的爱情里，两个人都太骄傲也太矜持，一点点地试探对方，发现没什么反应，就觉得受到了伤害，急着放弃。年少时的我们，还不懂得，爱情除了尊严，还需要耐心。

2010年，冯莎莎再次将姜小松拉进黑名单。只是当她在街头听到梁静茹的《勇气》时，还是忍不住会想起2000年遇见的那个少年。

优格女生轻小调

洛晓小的 G 小调
LUO XIAOXIAO DE G XIAODIAO

文◎羽 沐

十八岁生日那天,洛晓小收到来自黎钰的生日礼物——一个印着阿狸的马克杯。从此洛晓小便有了喝咖啡的习惯,而且总是对着杯子傻笑。

洛妈妈说:"晓小,你不会是压力太大,疯了吧?"

初二

洛晓小喜欢黎钰。

身边的人总是问她:"黎钰长相一般,学习一般,你到底喜欢他哪儿啊?"洛晓小眨巴眨巴自己的眼睛,反问道:"喜欢一个人,难道还需要一个惊天地、泣鬼神的理由吗?"

不需要吗?需要吗?洛晓小挠头。她也说不上来自己看上了黎钰哪一点,如果非要追根溯源的话……洛晓小的脸红成了个西红柿。她总不能说,是因为她肚子疼得要死的时候,黎钰给她买了杯热甜奶吧?

可事情的起因有时候偏偏就是如此尴尬,甚至洛晓小还总能回忆起,给她甜奶的时候,男生那双耳朵红得像极了操场那边被晚风吹散的云霞。

有些事情,就是如此奇妙。就好像一粒种子,明明那么不起眼儿,可你若是提供给它适宜的温度和阳光,它便会悄无声息地成长。黎钰就如同这粒种子,在洛晓小的心底迅速扎根,还冒出了两片绿油油的小叶子。

初三

洛晓小把自己锁在房间里不肯出来。

洛妈妈在门口苦口婆心地劝她:"晓小,妈妈也是为你好啊,以你的分数考重点还是有把握的,干吗一定要报普通高中呢?"

洛晓小对着门口喊:"明明是你说过宁做鸡头不做凤尾,是金子在哪里都会发光的啊!"

"妈妈当初不也是怕你压力太大嘛,可现在不同啊……"洛妈妈依旧在门口碎碎念。

洛晓小索性不再搭腔,把自己摔进柔软的大床里,拽过枕头捂住耳朵。她才不要听那些大道理呢,她只知道,自己和黎钰有约定,所以她才不要做背信弃义的小人。

洛晓小的思绪逐渐飘到某个午后,她和黎钰坐在教学楼门口的台阶上,歪着

优格女生轻小调

头，看他摆弄着手里的那张成绩单。

"洛晓小，你说我是不是很笨……"黎钰的声音很轻，轻得都快被一阵风吹散了，却还是准确无误地落入了洛晓小的耳膜，连带着他散发出来的忧伤。

这让洛晓小忽然就有了那么点儿小心疼。

"谁说的，你一点儿都不笨呢！"

"可是，"黎钰扬了扬手中的成绩单，"怎么还是这样惨不忍睹……"

在洛晓小的记忆中，有调皮的黎钰，有耍赖的黎钰，有不羁的黎钰，却从来没有……悲伤的黎钰。

洛晓小咬了咬嘴唇，豪气万丈地把自己的胳膊搭在黎钰的肩上："嘿，别这么沮丧嘛，以后咱俩考一所高中吧，然后一起努力！"

黎钰看着那张充满斗志的脸，淡淡地说："谢谢。"

黎钰的眼中，映出洛晓小的影子。而这，便已足够让洛晓小幸福的了。

洛妈妈的声音一点点地变得缥缈，睡意逐渐袭来。洛晓小迷迷糊糊地嘟哝一句，"才不要食言，食言而肥，会变成大胖子的……"

高一

在操场上看到洛晓小的时候，黎钰眼中一闪而过的惊喜让洛晓小觉得，自己离阳光那么近，温暖得让人想要放歌。

洛晓小总是会有意无意地从黎钰班外面的走廊经过，有时候能看见他在做题或是聊天，偶尔也能看见他趴在桌子上睡觉，窗外那棵大榕树投下的斑驳阴影轻盈地在他的脸上跳动。

洛晓小觉得很幸福。因为每次只要她的身影落入他的眼睛，他总是会笑着对她挥挥手。有一次黎钰还特地送过来个苹果。他和洛晓小说："是别人送的呢，送了两个，所以和你分享一下。"说完以后，黎钰调皮地笑了笑，露出他尖尖的小虎牙。

在洛晓小的世界里，学习和黎钰成了她的全部。她想，等到高中毕业，就向黎钰表白。为此，她兴奋了好几天，甚至已经打好了腹稿。

直到有一天，洛晓小在校门口和黎钰无意邂逅，才突然发现自己兴奋了好久的小心思有多么愚蠢。黎钰悄悄地对她说："洛晓小，这是我喜欢的女生。"说完，他不好意思地挠挠头。

午后的阳光伴随着黎钰身旁的女孩儿灿烂的微笑，晃得洛晓小心头涌上一股想要流泪的冲动。所以，她落荒而逃。

洛晓小不再有事没事往黎钰那边跑，开始专心致志地啃书。就好像她的生活里，从未出现过黎钰这般人物一样。

初秋的风夹杂着丝丝凉意，洛晓小坐在花坛边上，听着歌，安静地读一本英文小说。一片阴影突然遮挡住阳光，洛晓小抬头，意外地看到了那张熟悉得不能再熟悉的脸，只是耳朵上，还挂着可疑的红晕。

被洛晓小塞进了角落里的某些回忆突然喷涌而出。操场，晚霞，少年。唯一不同的是，少年此刻握在手里的，是一个天蓝色的信封。

"给我的？"洛晓小放下英文小说，从黎钰手里接过信封，"是什么？"

"信啊！"

洛晓小的手一抖，一点点地撕开信封："你写的？"

"不是，不是，"黎钰挠挠头，"是我一哥们儿给你的。他知道咱俩关系不错，所以托我给你送来。"

洛晓小的动作停滞下来，打开手中的那封信："你哥们儿说喜欢我，你是想我和他交往？"

"没有啦，我只是负责送信而已，不过他人真的很不错呢。"

秋蝉在花坛里叫得撕心裂肺。洛晓小沉默许久，然后，"刺啦"一声，那封信在洛晓小的手中变成了无数块小碎片被抛撒在空中，又一片片孤单单地落下，划出好看的弧度。之后，洛晓小转身离开。

洛晓小把全部的心思都放在了学习上。她和那个黎钰的哥们儿许意虽然没交

往，但却成了朋友。

偶尔她也能从许意那里听到关于黎钰的只言片语，或者也会在某个地方和黎钰偶遇，打过招呼以后，又匆匆地擦肩而过。

曾经的青涩少年，如今也出落成了这般好看的模样。只是那双眼睛，再也不像一汪清澈的湖，反而成了波涛汹涌的大海，让人一眼望不到尽头。

所有人，都逃不过成长的桎梏。

所以洛晓小把自己的十八岁成人礼藏了起来，只和父母在一起，唱了首歌，吃掉那块甜得发腻的蛋糕。

第二天上学的时候，洛晓小竟意外地看到黎钰站在教室门口，看到她过来，笑着冲她招了招手。

一份礼物被塞进她怀里。

她一边拆包装一边打趣道："怎么，又是替你哪个哥们儿跑腿儿来了？"

黎钰伸出手揉了揉洛晓小额前的碎发："真是个爱记仇的姑娘。这次不是啦，我亲手挑的礼物呢。怎么样，喜欢吗？"

从什么时候开始，初中那个和她一般高的小子已经长得快比她高出一头了呢？时光真是个可怕的东西啊。

洛晓小笑着撕掉包装纸，一只印着阿狸的杯子静静地躺在透明的塑料盒里，一双水汪汪的大眼睛正无辜地和她对视。

"喊，真幼稚。"她故意板起脸，装出一副嫌弃的表情，却始终藏不住眉眼间的笑意。那么明朗。

黎钰使劲捏了下洛晓小的鼻子，然后像只偷鱼成功的猫一样大笑着消失在楼梯拐角，任凭洛晓小气得在后面跳脚大叫。

"喂，小寿星，总板着脸会长皱纹的！"

洛晓小真的很想把杯子砸在黎钰的脑袋上。不过，她也就是想想罢了。指尖从阿狸那张萌翻了的小脸上划过，有点儿冰凉。

她才舍不得丢出去呢。

尾声

其实杯子里还有一封信。看着熟悉的黎氏狂草,洛晓小哭笑不得。

虽然字是龙飞凤舞了点儿,不过洛晓小还是很认真很认真地把它看完,然后把自己锁在屋子里狠狠地哭了一场。

在信里,黎钰讲了一个男孩儿和一个女孩儿的故事。女孩儿明媚得如同一尾色彩斑斓的鱼,游进了男孩儿心底最柔软的地方。男孩儿喜不自禁,却又不知所措。为了不失去,男孩儿宁愿保持着彼此间的若即若离。黎钰说,晓小,我们就这样,做一辈子的好哥们儿吧。与其以恋人的身份一点点消磨掉彼此间残存的最后一丝好感,倒不如努力维系我们之间的友谊。

对黎钰这种写篇八百字作文都无比费劲的人来说,写出这洋洋洒洒的两页信实属不易。黎钰倚在窗前,安安静静地看着窗外渐沉的夕阳,曾经也是这样的一个傍晚,他把一杯甜奶放进女孩儿的掌心,然后红着耳朵走开了。

可他不知道,就是这杯甜奶,使黎钰这个名字穿越了女孩儿的豆蔻年华,几乎横亘了她整个少女时代。

我们那一届,镇上几个同学当中,考上一中的只有我一个。

拿到通知书的时候,成年累月跟庄稼打交道的爸爸文绉绉地说:"一中,全县最高学府!"

我问:"什么叫学府?"

爸爸摸着我的头回答:"一中这样的学校才能叫学府。"

通知书背面是"入学须知",上面说,要自带床上用品,还要小板凳一张,以备露天集会。

我们家有三张小板凳,摆在一起比一比,都不能令人满意:一张凳面有裂纹,一张瘸了一条腿,另一张又丑又笨重。

"我叫沈师傅做一张新的!"爸爸兴冲冲出去了。

妈妈不甘落后,拉上我的手说:"上学要用到皮箱,我带你去买。"

十分钟之后,我和妈妈出现在商店柜台前,用热切的目光审视货架上的大皮箱、中皮箱、小皮箱,红皮箱、绿皮箱、黑皮箱。

眼睛细细的售货员过来问妈妈:"要买哪一种?"

妈妈响亮地说:"上学用的。"

售货员看一下我,细眼睛睁大了:"考上一中了吧?"

妈妈用力点头:"刚刚接到通知书。"

"那要买质量好的。"

售货员回头扫一眼,从货架顶层取下一只皮箱放在柜台上,说:"人家到县城上学,都是用这种。"

那只皮箱又大又红,还配了一把漂亮的小铜锁。

过了三天,爸爸从沈师傅家拿回来一张崭新的小板凳,结实,精巧,可以折叠,木料是浅红色,散发着好闻的清香。

爸爸告诉我:"沈师傅说,料子是香樟木,不怕虫蛀,将来你上高中、上大学都可以用。"

优格女生轻小调

"沈师傅手艺好!"妈妈赞叹一句,问爸爸,"多少钱?"

爸爸回答:"人家不要钱。"

然后又告诉我:"这是因为你考上了一中。沈师傅说,一中有棵香樟树,好大好大,几千人在树下开会,日头晒不着。"

一棵好大好大的香樟树一下子填满我的想象,绿绿的,像一朵云覆盖了整个校园。

上学那天,我和爸爸来到县城,一边走一边问路,后来就不问了——好多人跟我们一样,长幼相携,扛着皮箱,提着小凳子,一看就是往一中去的。大家走在一起,相互之间虽然不说话,却产生一种默契,知道脚下这条路不会错。那种情形好像一支游击队,装备虽然不整齐,但是个个带着要去打胜仗的心情,有人还将被子扎成四四方方,像士兵一样背在背后。

走着走着,人群里出现一个女生,一手提被子,一手提书袋,被子和书袋不停地跟小腿碰碰磕磕,显得很吃力。这是一个乡下姑娘,独自一人,扎着老土的大辫子,穿着老土的红黑格子衣服和青色长裤。我正想上前帮她,爸爸快步走上去,一伸手就把她的被子拎过来。她吃了一惊,要夺回被子。爸爸说:"反正是顺路,我儿子也去一中。"她瞟我一眼,脸红红的,松开了手。真想问一问她以前有没有去过一中,有没有见过那棵巨大的香樟树。见她那么害羞,自己的脸也莫名其妙变得发烫。

来到城郊,前方河畔孔雀开屏似的展开一片绿油油的菜地,那头是一圈围墙,墙内有绿树,有好多楼房,围墙大门外边有人摆书摊,七八个学生在那儿看书买书。

这就是一中吗?我暗暗嘀咕。那道大门比我们小学的校门还要小,而且没有题写校名的牌子匾额什么的,根本不像"全县最高学府",然而前面的人都从大门进去了,爸爸也说:"一中到了。"

快到大门时,女生从爸爸手中拿过被子,说声"我要买书",像是要摆脱我们似的，匆忙走到书摊边上。当她放下东西，拿起一本书来翻阅，人还是那个人，那种被人呼之为"乡巴佬"的拘谨老土却不见了，取而代之的是清秀文静的书卷气。

我和爸爸进入大门，只见一座门楼矗立在三十米开外。虽然陈旧，但很气派，门额镶着四个斗大的立体字，似行似草，笔锋遒劲，正是仰慕已久的校名——刚才那道大门，只是围墙门。

门楼两边，灰墙上刷着两块圆形白板，一边写着"嚴"，一边写着"勤"，黑墨，正楷，比人还高。那个"嚴"字，看起来极似一位严苛的老师瞪着两只眼睛，不怒自威地说："敢？！"我对爸爸说："这个字肯定是'严'字的繁体。"爸爸微微点头："严才好，严师出高徒。"

校门对面，围墙之内，乃是一个高标准的运动场。先前从外边看到的绿树全栽在运动场边上，上体育课有地方躲荫——那棵大樟树怎么不见呢？

大门内侧，一个老头儿大马金刀地坐在传达室门口，头正腰直，双手支在膝上，阴着脸审视进进出出的人，并不盘查。

爸爸走近老头儿，赔着小心问："七十二班在哪里报到？"

老头儿尖瘦的下巴朝着南边一幢青砖楼微微一翘，说："三楼，班主任是铁老师。"

青砖楼是教学楼，上下五层。

走在楼道上，想起小学那低矮的泥砖房，想到以后就要在这样的楼宇里上课，胸脯不自觉就挺起来。可当我见到铁老师，下意识又夹起肩膀，大气也不敢出：铁老师四十多岁，比爸爸要高一个头，脸上一丝笑容也没有，说话不带感情，仿佛校门外那个"嚴"字的化身。

铁老师代收了学杂费，在花名册上找到我的名字，打一个钩，数给我一周的饭票、菜票，又发给我一枚菱形校徽。

校徽图案竟是一棵大树！

这就是那棵香樟树吧，怎么进了校园却看不到？想问铁老师，哪里敢开口。

优格女生轻小调

　　铁老师往西边一指，严谨而又熟练地说："本班教室在这一层最西端。从那边楼梯下去，出了小门，就看到一幢红房子，那是男生宿舍。本班寝室是二楼三号，跟七十一班合用，床位贴了班级姓名。"

　　我和爸爸来到"本班教室"，里面空无一人，几张桌子上面放着书本或者文具盒，明显是占位置的。

　　下楼，从小门出去，我立即大叫一声："香樟树！"

　　"好大的树！"爸爸感叹一句，然后说，"肯定是在这里开会的，那个台子就是主席台。"

　　原来小门出去是一块坪地，面积比一般的礼堂还要大，当中筑着一个四方台子，长宽都有十几米，围着一棵香樟树，跟青砖楼一般高，树冠像巨伞一样撑开，枝叶婆娑，遮天蔽日，把偌大一块坪地全荫住了。

　　我把小板凳打开，要在坪地上坐一坐，找一找树下开会的感觉，爸爸笑着说："先去红房子，找到寝室，铺好床，回头你再来玩。"

　　红房子在坪地西边，是一幢古旧的砖瓦楼，上下只有两层，与香樟树一比，显得那么小，好比一排鸽舍。

　　"本班寝室"很大，当中有三排高低床，挨着墙又排了一圈，不下五十个床位。有人在铺床、挂蚊帐。还有人下棋、打牌。几个人在聊天，那个穿皮夹克的歪歪地倚着床柱，打着响指，很大声地说："我家住在县委大院，以后带你们去玩。"看到我和爸爸，他甩一下垂在额前的一绺长发，极为不屑："这种扛皮箱来的，全是你们乡下人。"

　　我找到自己的床位，对爸爸说："我睡这里的。

　　爸爸打开皮箱，取出被子蚊帐，和我一起把床铺好，低声说："我回去了。

　　刹那间，我意识到，从此要一个人面对这个陌生的世界，孤身无援。

　　情绪一落千丈，却没有理由挽留爸爸。

　　我送爸爸来到校门，爸爸说："你回去吧。"

　　我摇摇头，又送爸爸到围墙门外。

　　爸爸再次说："你回去吧。"

　　我望着爸爸，说不出话。

爸爸快步离去，走到菜地那端才回头，见我还在望着他，似乎有些气恼，用力向我挥了挥手，进入街区，消失了踪影。

我的心一下子被抽空了。

来到书摊边，那些书五花八门，什么都有，我却提不起兴趣，只好默默回去。

第三次来到香樟树下，想到寝室里全是陌生人，也不知道谁是本班的，谁是七十一班的，脚步就停下了。抬头仰望，几只小鸟在绿海间嬉闹，叫人好生羡慕。绕到台子后面，从台阶上去，张开双臂比一下，像我这样的个子，要三个才能将香樟树合抱，少说也有几百岁吧。

青砖楼墙角有一架长梯。

恰好四周无人，我将梯子扛过来，架在树干上，往上爬。当我爬上最后一级，从梯子上到树上的瞬间，后腿一蹬，梯子倒了。幸好，我的重心已经在树上，没有出事。可是我怎么下去呢？到了新学校，第一天就闯祸，铁老师知道了一定会生气。

蹲在树桠间，仿佛遭到遗弃的雏鸟，不知如何是好。

时间之河结了冰。

腿脚发麻发木，只好不时挪动一下。

铃铃铃……这是开饭的铃声，红房子出来好多人，拿着碗筷，丁丁当当敲着，三五成群从下方经过，往食堂方向走去。想象他们在排队买饭菜，在大快朵颐，想象各种美味佳肴，我的肚子叽叽咕咕叫起来。真想跳下去，又怕摔断腿。

两分钟工夫，红房子人去楼空。

我正唉声叹气，一个人从青砖楼小门出来，树冠边缘先是出现似曾相识的青布裤子，然后出现了红黑格子衣服。

是她！

一起来学校的那个女生！

手中拿着碗筷，也是去食堂。

"哎！"我叫了一声。

她抬头看见我，很惊讶，微微张开了嘴。

我迫不及待地说："帮个忙，把梯子扶起来。"

她踮起脚尖，看到台上横倒的梯子，赶紧上台把梯子重新架好。

我下了树，解释说："我上去玩，人上去了，梯子却倒了。"

她脸又红了，把头一低，快步离去，好像我是一只刺猬，一不小心就会扎着人。

吃过中饭，回到寝室，感觉一点儿意思也没有，就把帐门合上，趴在床上傻傻地想：还是小学好玩，真愿意永远待在小学，永远不毕业……

那个穿皮夹克的家伙将脑袋从帐门挤进来，嬉皮笑脸地问："小子，哪个班的？"

我不吭声。

"乡巴佬！"

他骂我一句，缩回头去对其他人说："他是七十二班的，床位还是铁老师叫我贴的呢，铁老师准备叫我干班长。"

我待不下去，拿着文具到教室去占课桌。

我以为午休时间，教室应该没有人。没想到，一进教室又看到那个穿红黑格子衣服的身影，坐在教室后排角落里，正在看书。

她也是七十二班的！

我高兴极了，见她前桌空着，蹦蹦跳跳过去问："这里有没有人坐？"

"没有……"

她脸习惯性地红了。

"我坐这里。"

我侧身坐下，拿过她正看的那本书，只见封面上印着一个英俊的年轻人，戴着很文气的圆眼镜，目光却是那么清纯，像个孩子，嘴巴轻轻抿着，显得聪慧而又自负,皮肤又是那么白,五官又是那么匀称,如同一尊精美的瓷像。原来男人也可以这样美呀!

"书摊上买的?"

"嗯……你喜欢徐志摩吗?"

徐志摩?从未听过。听她口气,这是个大人物呢,就翻到她正在看的那一页,读起来:

轻轻的我走了,

正如我轻轻的来;

我轻轻的招手,

作别西天的云彩。

这首诗叫《再别康桥》,我第一次读到,也不知道康桥在哪里,可是才读了四句,就喜欢上了——诗句多么柔美,跟小学课本选的那些完全不一样。

"哇呀呀呀!"又是"皮夹克",他阴阳怪调地说:"你们两个好浪漫哦!"女生满脸通红,夺门而逃。我尴尬地找了最前排一个空位坐了下来。

这天下午,铁老师指定了班干部,班长果然是"皮夹克"。铁老师说:"本班同学要遵守'三大纪律'。第一大纪律——"铁老师扫视全班,最后盯着我说,"异性不许交往过密。"

铁老师为什么这样看我?一定是"皮夹克"打小报告。我再也不敢跟她说话。她就更不用说了。尽管我和她从不交往,我们却从未被孤单击垮,因为我们彼此能够看得到,感觉得到。

初一下学期,学校举行班级合唱比赛。排练时,我和她被调到中央,肩并着肩。每次排练,她那么紧张,连声音都发不出来。我悄悄拉一下她的手,那只手微微沁汗,得到救命稻草似的将我的手紧紧握住,终于唱出声来。

在香樟树下开了五六次大会,我们就要毕业了。经过校团委,我发现一张征集校歌的告示。我就想到香樟树:古老的香樟郁郁苍苍,小鸟在树上快乐歌唱……为

优格女生轻小调

什么不请她来谱曲呢？我奔回教室，想象两人的名字并排写在歌谱上，心怦怦直跳。教室只有我一个人，我在纸上写下：校团委征歌，请你谱曲。将稿纸塞入她的课桌，匆匆离去。

一天又一天，我惦记着谱曲的事，又不敢开口问她。直到最后一场考试结束，我才知道活动取消了。当时，我失落极了。

那天晚上，是毕业晚会。最精彩的时刻是"击鼓传花"：红花传来传去，到谁手上鼓声停止，谁就得表演节目，要不就鞠一个躬。轮到她了，我以为她会像我一样鞠躬了事。没想到，她走到教室中央，轻声唱道：古老的香樟郁郁苍苍，小鸟在树上快乐歌唱……

我的眼泪一下子就涌了出来。她是为我一个人谱的曲，没有人知道她唱的是《香樟树》。

第二天上午离校前，我去找她，可她大清早就走了；后来，她再无音讯。只有《香樟树》不知何时就会在耳边响起。那一棵古老的香樟树总是伴着歌声浮现在我的眼前，轻轻的，如同一朵绿云。

路过企鹅家族

LUGUO QI'E JIAZU

文◎似水无痕

午后的双层大巴，阳光和煦地扑在玻璃窗上，宁夏抬起手来，看那些光与影在手指之间缠绕——这一刻的时光就像一柄撬棍，在心里撬开一道缝隙，思念滚滚而出。

彼时的宁夏二十岁，一名生物系大二的学生，喜欢穿有铆钉的鞋子，终日里戴着耳塞听崔健的歌，很文艺女青年的模样。用现在的话来说，是"森女"，很小清新。那时候的她疯狂地迷恋着外语系的师哥，总是想着法儿地接近和亲近他。

只可惜那师哥身边莺莺燕燕太多，他对宁夏这样的小女孩儿不拒绝也不接受，

优格女生轻小调

乐在其中地享受着被追求、被仰慕。而傻傻的宁夏却觉得还有着大把的希望，搜罗他的臭球鞋臭袜子来洗，帮他抢最热腾腾的红烧肉，在每一个节日的时候送上精心准备的礼物……因为缺钱她开始在外面打工，也就是打工的时候认识的秦朗。

那个周末她带领着快餐店"上帝"——众小朋友——跳舞，看谁跳得最棒她就送气球。说实话她真的很烦这个工作，那些小孩儿又调皮又闹腾，她却不得不当着家长的面竭力面带微笑。跳完舞她开始发气球，小孩儿们一哄而上，连拖带拽，她整个人就被拽得跌了下去。是在那个时候，穿着一身餐厅工作服的秦朗把手递给了她，扶着她狼狈地站起来。

她揉着自己的胳膊直想骂人，可又不能发作，气呼呼地冲进员工间，用凉水直扑自己的脸。秦朗进来时手里拿着一只气球，他用哄孩子一样的语气说："别噘嘴了，都可以挂个油瓶上去，这个拿去玩。"宁夏扑哧就笑了，她说："谁稀罕！"

秦朗也在这里工作，可宁夏觉得他八成是店长的亲戚，因为他不怎么做事，不忙的时候就坐在角落里捧着笔记本电脑看美剧。宁夏可不行，她除了要带那些讨厌的小孩儿跳舞，还要做炸薯条的工作，忙的时候就使唤秦朗，"嗳，过来帮个忙。秦朗也不拒绝，把薯条炸得又脆又香，火候正好，而就算店长看见了也不会责怪宁夏，因为这是秦朗自己愿意的呀！

快餐店里都是些年轻人，嘻嘻哈哈的几下就熟了起来，宁夏跟大家混得很熟，也跟秦朗混成了拜把子兄弟一样，勾肩搭背不分性别。其实秦朗长得也不错，挺拔的身材，斯文的眉眼，笑起来的时候还有小小的酒窝。他的人缘极好，大家都很喜欢他，因为他真的是太和煦温柔了，从来不会发脾气，对谁都谦虚礼貌的样子，这跟大大咧咧、脾气有点儿冲的宁夏挺不同。

有时候宁夏也想，谁要是嫁给秦朗真幸福呀。可他不是她的菜，她喜欢的是师哥，是那个大众情人一样的大帅哥。

宁夏拉着秦朗去逛商场，她在一堆名牌里上蹿下跳，忙得不亦乐乎。那可都是真正的奢侈品，任谁都看得出来宁夏买不起，可她就是面不改色地在导购鄙夷的目光里试穿了一件又一件，穿了每件出来都要让秦朗给她拍拍照。

秦朗低声地说:"要不选件喜欢的买了吧。"宁夏眉毛一挑,说:"你是疯了还是疯了?最便宜的一件衣服也抵得过我三个月的生活费,我也就是穿着过过瘾。"秦朗说:"我送给你。"宁夏偏着头看他,然后一把搂住他的脖子故作哽咽状:"秦朗,你真是太好了!"

可衣服宁夏还是坚决不买,她其实就只是想要几张照片发发微博。为啥?因为最近师哥跟一土木工程的女生走得很近,她也想让师哥能关注关注她。从商场出来的时候,两个人都饿了,宁夏想去吃小吃,两个人找了小吃街就钻了进去,从豆腐花到熏肉饼,从卤猪蹄到烤鱿鱼,宁夏像个款爷一样地在小吃街里指点山河,而身边的秦朗帮她举着各种小吃,温柔恬静地望着她。

觉得愉悦极了,她在师哥面前从来不敢放肆。不能吃垃圾食物,不能暴露虚荣心和坏脾气,也不能任意妄为地使唤他。而秦朗,却可以给她一种值得信任、完全放松的感觉。走在马路上,她的鞋带散开了,也会跺跺脚说:"秦卿家,替哀家系鞋带。"微风掠水里,他笑着弯下身去,扁平的后脑勺在她眼里很温暖。

宁夏看到师哥和那"土木女"一道出现的时候,立刻拦了上去,她捧着她这些日子攒钱买来的古琦钱包说,这是我送你的圣诞礼物。"土木女"冷冷地哼了一声说,这是尾单还是高仿?你就别在这里装有钱人了,别以为弄些图片就能成真的。

宁夏举着钱包倔强地说:"这个是真的!我喜欢你也是真的!"

师哥看了她一眼,淡淡地说:"宁夏,我不喜欢不诚实的人,以后不要来找我了。"他跟"土木女"扬长而去的时候,宁夏就站在深冬的萧瑟里,把自己冻成了一块冰。

那天她失魂落魄地到餐厅,见到秦朗就哭了,她吧嗒吧嗒地掉眼泪,絮絮叨叨地控诉,她把他的袖子扯过来擦鼻涕,连店长也不敢过来招惹她,让她洗干净了干活儿。她太狼狈、太窘迫了,更多是愤愤不平,她对师哥那么好,可为什么就不允许她犯一点点的错误呢?何况这错误与道德无关,只不过是小小虚荣罢了。

秦朗哄着她,哄到店里都打烊了,然后说:"走,我送你回学校吧。"宁夏的心情好了许多,她坐在秦朗的自行车后面时,晃荡着双脚看一盏一盏的路灯从他们身边路过。夜风很静，有微微的花香，她心里那种幸福的感觉又油然而生，她把冰凉的手塞到秦朗的后颈里，他一个哆嗦差点儿没摔下来。她"咯咯咯"地笑了。

其实失恋的感觉没有持续多久，因为宁夏决定不用师哥的错误来惩罚自己。她恢复元气，照样在快餐店里活跃和喧闹，她偷偷地吃店里的炸鸡腿和薯条，做这些恶作剧的时候她常常被秦朗发现，他笑着摇头，她就朝他做鬼脸。

圣诞节的那天，秦朗给宁夏画了一张"藏宝图"，让她在店里按图索骥地找她的圣诞礼物。宁夏怀着饱满的心情在餐厅里翻来覆去地找，终于让她找到了一个香奈儿的包包，她开心得蹦起来说："这仿得可真高级，跟真的一模一样。"

她没有注意到，旁边正喝水的店长，差点儿没喷出来。而秦朗笑着揉揉她的发，问："喜欢吗？"她点头，再点头，抬眼注视秦朗的时候，觉得幸福都要溢出来了。

原来一直以来她都错了，她想要得到师哥的青睐，成为师哥的女朋友不过是她的虚荣，能有那样耀眼的男朋友是不是很让人羡慕？可是跟秦朗在一起后，她知道了，喜欢一个人的时候是发自肺腑地开心，是幸福得连做梦也会笑出声。秦朗只是快餐店的服务员又怎样？她喜欢他，他就是她的白马王子。

店里所有的人都看出她和秦朗之间有了古怪。吃饭的时候她会嚷着不爱吃排骨，但有人上来抢的时候她把饭盒紧紧抱住，然后夹着排骨蛮横无比地塞到秦朗的嘴里。以前踩着点儿下班的宁夏现在下班了也要在店里磨蹭着，非要等着秦朗走人她才走。还有，她凑到他电脑前看美剧的时候，他一扭头她就面红耳赤，忸怩羞涩。多看几眼，她就慌里慌张了。

店里的人都拿她开玩笑，说她喜欢上秦朗了。她脖子一梗："喜欢又不犯法！"

可这不犯法的事儿却还是犯了错。因为秦朗有个青梅竹马的女朋友。这是她在跟秦朗表白的时候，秦朗说的。

那天他送她到学校门口的时候，她突然给了他一个大熊抱，然后甜甜蜜蜜地说："秦朗，你想和我交往吗？"秦朗愣住了，他退了一步，困顿地看着她。他说:"宁夏,对不起,我有喜欢的女生。"

宁夏一时半会儿没反应过来,然后暴怒地拿起手里的包对他又打又骂。"为什么,为什么,为什么?"她想要问的是为什么他有了女朋友还要对她好,他不就是挖了个坑让她跳进去吗?他真是比师哥还坏,坏透了!她恨得牙痒痒,回到宿舍就倒下了。

她病了好些日子,一拿出手机来就泪流满面。她想要给秦朗打电话,想得心都碎了,可她知道她不能那么做!

后来是店长给她打了电话,店长说:"宁夏,你还有工资,不想要了吗?"她一听就热泪盈眶了,她说:"店长,我把钱给你,你替我把秦朗收拾一顿吧。"店长叹口气,"这俩孩子。"又说,"来吧,我有话跟你说。"

店长说的事是关于秦朗的。在宁夏痛苦了一阵子后,她终于知道了秦朗的苦衷,他没有所谓的女朋友,他只是不能交女朋友。因为他有家族遗传病,脑萎缩。这种病人被称为企鹅家族,他们先是走路不受控制会经常摔跤,然后就会一点儿一点儿丧失其他的运动功能,最后只能躺在床上让人照料。还有,那家快餐店是秦朗家的,也是他让店长请了宁夏,给了她这样一份工作。宁夏哭得稀里哗啦,她说:"他在哪里?我要去找他。"店长说:"不用找了,他不会让你找到他的,因为他不想成为你的负担。"

后来宁夏毕业了,有了不错的工作,而她却还是去那家快餐店里帮忙。她知道秦朗是真心喜欢她的,若不然不会用这样的决绝离开她。而她想要告诉他,是那样的他塑造了现在的她,幸福而安宁,快乐而积极。她从来不后悔遇到他,从来不。

优格女生轻小调

壁花姑娘与树懒男生
BIHUA GUNIANG YU SHULAN NANSHENG
文◎木千容

葛小影做梦也没想到有一天自己会成"壁花"。她虽称不上大美女，可是明快、有亲和力，笑起来露出两颗萌翻人的小虎牙。照理说这样的女生很吃香。但生活往往不会按常理出牌。

见证奇迹的时刻

新生舞会开始不久，小影就退到角落立着，小心翼翼地背靠墙壁，不敢轻举妄动。起初还有人来邀她，可她只能拒绝，于是周围人渐走渐少，最后剩下她孤零零一个，眼巴巴看着他们大玩特玩。

是这么回事。葛小影的一大爱好是逛淘宝，瞄到一家名叫"哦谱，我要靠着你"的小店，里边有条华丽丽的礼服裙让她欲罢不能，可惜尺码小了一号。不过店主拍着胸脯保证："亲，凭你妖娆的身材，绝对靠谱！"被灌了迷魂汤的小影晕乎乎地当场拍板。

残酷的事实证明此店非常名不副实，她穿着新裙子喜滋滋地来到舞会才十来分钟，就猛地听到背上"刺啦"一声脆响。她战战兢兢地问室友发生了什么。

"你的小裙子破了嘞。"室友笑得没心没肺。

"啊！不靠谱的淘宝店！"小影羞怒交集。

室友却一针见血地揭穿她："得了吧你，明明是你撑破的。"

这段小插曲的结果就是葛小影躲到角落借墙壁遮羞，变成一朵壁花。

不过，那边还有另一根"壁草"——哦不，更准确地讲应该是"树懒"。那个男生一直靠着椅背打瞌睡，他的个子很高，有点儿驼背，双手交抱在胸前，全身唯一会动的是他埋得很低的头偶尔点一点，那情形像极了一只永远睡不醒的树懒。

葛小影一个人实在太无聊了，便盯着他，数他点头的次数。数到第二十八次时，舞会达到了高潮，她打算趁机溜出去。

路过男生身旁，她一不小心踩了他一脚，一个懒洋洋的声音响起："姑娘……"

她回过头，被踩醒的男生微微皱着眉。

葛小影心里嘀咕：又不是故意的，脾气那么大干吗？

可他接下来说的却是："你背后的衣服破了。"

这……还用你提醒吗？葛小影眼珠一转，快速地眨眨眼："那么，麻烦你站到我后边，帮我挡一挡？"

男生一怔，然后说："对哦，这样别人就看不到了。"他真的依言照做。

葛小影没料到如今还有这么老实的人，他护送她顺利回了宿舍。她趴在窗前看他在楼下越走越远，突然想起还不知道他的名字呢。要不，就叫他"树懒"吧，嗯，憨憨的树懒。

优格女生轻小调

第二天，学校安排了新生参观校园的项目。葛小影报了名参加，树懒也在队伍中。参观从校门开始，带队老师指着门前的一块大石头告诉他们，这上边刻的是校训。葛小影一瞥石头上是繁体字，没等看清楚，便自作聪明地从右读到左："足球是宝。"大家笑起来，连老师也忍俊不禁："同学，要认真，是'实事求是'。"窘迫的葛小影很快找到了安慰——在一片喜笑颜开中，树懒却没有笑！

他颔首，默然无语。呵，他真是一只忠诚的树懒。

她想和他打个招呼，等走到他面前，才倏地看清，他其实是立在那里打盹儿，根本不知道周围发生了什么！葛小影哭笑不得，就在此时迷迷糊糊的树懒一个扎猛子歪倒。他们相距不过十厘米，高大的他犹如一座山丘，遮天蔽日地向她兜头而来。情急之下，她大叫一声："树懒小心！"同时弓步一拉双臂一撑，凭借比他矮大半个头的身躯生猛抵挡住了面前将倾的"玉山"，避免了一场悲剧。

见证奇迹的时刻里，被惊呆了的小伙伴们无不对他二人叹为观止。

至此，"树懒"的绰号便传开来，没人再叫他的真名。

水晶之恋

英语公共课，葛小影和树懒分在同一班。

上课铃响了，树懒才姗姗来迟，坐在教室中央的葛小影遥遥冲他挥手，挥得像一面迎风起舞的胜利旌旗。

直到老师都看不下去了，咳嗽一声提醒："迟到的同学，穿白衬衣的女同学那里有空座。"睡眼惺忪的树懒这才看到了她，走过去坐到她身旁。

"谢谢，你又帮了我一把。"他小声地说。

"没什么啦，你上次不也帮过我大忙吗，我们算是扯平了。"葛小影豪气地说。

这样，两个人居然成了同桌。

"又开小差。"葛小影头上被铅笔敲了敲，她这才发觉自己已经发呆很久了。因为刚才看到树懒用手绢，她就想他真是一个奇怪的人呀，这年头居然还有人用手绢。不过，这跟她有什么关系？最近她也有点儿奇怪，怎么总会去留意他的举动呢？树懒继续打断她的遐想："醒醒吧，这篇完形填空你都做半个小时了。"

小影张牙舞爪地抓过他握铅笔的手，干燥温暖的大手。她恶作剧地在上边画了一个鬼脸。然后她抬起头嘿嘿地笑，树懒的脸陡然一红。她这才意识到她还握着他的手。松开手后，小影要笑抽了。

周末傍晚，小影找树懒学游泳。游泳班在城区的另一头，如果不堵车，搭乘公交车需要四十八分钟。公交车走的是一条两旁种满合欢树的路，随便从车窗望出去，都见那些粉红的合欢花如火如荼地盛放，有种惊心动魄的美。公交车徐徐驶过一路花影，开往霓虹灯和钢筋水泥交错的喧嚣大街，最后抵达校园。身旁的树懒昏昏欲睡，窗外的灯光照在他脸上，勾勒出他柔和的轮廓。小影凝视着他，心头似有泉水汩汩淌过，澄明、安静。爱情可能这样平静吗？她想。

展扬就在此时恰当地出现了。他是和树懒完全不同风格的男生，会抱着玫瑰在女生楼下等待，会在校园广播台为她点歌，会在得胜的球赛上冲着观众席上的小影大喊："葛小影，我爱你！"……即使千万个男生追女生都使过这些伎俩，却还是让葛小影无法抗拒。

绯闻达到了白热化，葛小影问树懒觉得展扬怎么样。树懒只是问："你会快乐吗？"她说："他可是全校最潇洒的男生，会幸福吧。""比起那个，葛小影，你快乐才是最重要的。"树懒丢下这句话就走了。本来她想听听他的意见，或许很多女生都是这样吧，第一次恋爱总是慎之又慎。

渐渐地，教室里只有她自己了，她在黑板上用力写下一句话——

"明天的明天，你还会给我买水晶之恋吗？"很俗，却是她曾经非常喜欢的一句广告词。

这时有人叫她，回头一看，是展扬来接她下自习。

第二天，她便收到一盒水晶之恋，一定是展扬吧。

初心

自恋爱以后，小影和树懒疏远了，有些无奈，却又理所当然。她只知道树懒还是一个人，偶尔远远地望到他，也是一个独行侠的背影。她转回视线，重新放在展扬身上。可展扬根本没注意到她开小差，他的全副心思在申请留学上。

优格女生轻小调

他建议葛小影毕业后跟他一起去留学。葛小影同意了，没多少欣喜，却还是平静接受。毕业离校前的一晚，葛小影走在校园的小路上，正怀念着自己的大学时光，猝不及防，暴雨突至，葛小影愣愣地不知所措。很快手被人从后边握住。他紧紧地攥着她，葛小影抬头，是树懒！他总是奇妙地出现在每个她困窘的时刻里。

跑进女生楼大厅，葛小影碰碰他依旧握着她的手，说："树懒。"她很久没叫过这个名字了。树懒眼睛一睁，仿佛大梦初醒，他松开她。等了半天，他都没有说话，她只好说："我上去了哦。"

他点点头。

可转过身，又听他叫她。她回头静静看他，他却还是那么站着，她笑了："明天我就去美国啦，祝我前途无量吧！"

树懒的嘴动了动，什么也没说。他们终于就那样告别了。

飞机上，葛小影对着手机屏幕出神。她在学校BBS（网络论坛）上无意中点开一个毕业季摄影展，当看到排名第一署名为《初心》的照片时，照片上孤零零的壁花姑娘让她一瞬间回到了四年前。

照片虽然没有作者名，可小影知道这是树懒——正如当初展扬否认送过她水晶之恋一样，她就猜到了是树懒送的。

但那一次她选择忽视，因为她那时坚持有些话一定要说出来，两个人才能在一起。她终于明白了，爱情其实有多种模样，每个人表达爱的方式都会不同；而有的话曾经以为不可或缺，后来想想也不过如此。因为较之于一句话，你和那个人一起走过的时光，才是最重要的。就好比有一个男孩儿默默替你遮挡尴尬，默默接受你取的绰号，默默对你好，默默陪着你打发大把大把的校园时光……无数个"默默"里，其实包含的就是他最深沉的爱。

葛小影闭上眼睛，脑海里全是离校前的那一夜，树懒带着她在如注的大雨中狂奔，如两只逆流而上的小船，不停地向前划，却是在倒退，退回到过去……

潇潇 / 牧雨

如果十六岁之前,我知道有一天会遇到一个男孩儿,有着明眸皓齿的笑容,笑起来像是融化万物的天使,那么我一定会收起自己身上所有的盔甲,努力去做一个朝暮太阳生长的姑娘。

男神遇上了路人甲

NANSHEN YUSHANG LE LUREN JIA

文◎李阿宅

我左手拎着红豆饼，右手抱着刨冰，被太阳晒得满头大汗疾步走过篮球场的时候，你骑着单车不知道从哪里拐出来，围着我转了一个圈后刹车停在我面前。

你把臂弯夹着的篮球扔给球场上的人，对着我轻狂地吹了声口哨："林纾仪，这么巧。"

我顿住脚步，抬头瞧了一眼挡住我去路的你，忍不住腹诽：巧什么啊，回女生宿舍只有篮球场前面这一条路可以走，你不知道啊！

帮宋雪菲买的刨冰在太阳的炙烤下一点点融化，顺着杯子淌在我的手上，我把手上的冰水往你脸上一甩，说："好狗不挡道。"

明明是句骂人的话，我实在想不通你有什么可乐的，你把车掉了个头跟在我后面，说："喂，林纾仪，那事儿你考虑得怎么样了？"

路两旁种满了白杨树，夏天一到，树上的蝉鸣声不绝于耳，不少女生找到总务处投诉都无果，可是你不知道，此刻你从我背后传来的声音比蝉鸣声更讨人厌。

我扭过头，背脊挺得那么直，眼神那么倔强，众目睽睽下掷地有声地说："林以宁，我不喜欢你，别费心思了。"

恰好是饭点儿，不少女生都拿着饭盒从我们身边穿过，听到我说这句话后，众人的目光齐刷刷地向我投来，然后我就听见一阵议论声传来："喊，她整天到底有什么好拽的？"

哼，要的就是这个效果。大庭广众之下，被人这么不留情面地拒绝，我以为你那么骄傲的一个人会生气，然后扭头走掉。可是你依然直勾勾地盯着我，看得我心里都有些发麻。

反正刚才对周围女生示威的那句话已经说完，天气这么炎热，我才没有闲工夫陪你耗在这儿呢。我前脚刚迈开步，后脚还没来得及落地，就被你一把拽住胳膊。我怒目圆睁地甩开你的手。"林纾仪，你这样做很快乐？"你问道。

说实话，林以宁，听到你句话的时候，我心里不知道为何"咯噔"了一下，像是努力隐藏在盔甲下的秘密被人偷窥到了一样。

我没有理会你，把嘴里的口香糖吐进垃圾桶，哼着王力宏那首老掉牙的《大城小爱》走了。

回到宿舍，宋雪菲没有理会那杯她盼了一个中午最后却化在路上的刨冰，而是摸了摸我被晒得微红的额头，喃喃自语道："没发烧啊。"

我以为她是被我大中午出去帮她买刨冰这种大无畏的人道主义精神所感动，刚想感叹这妞儿良心发现的时候，就听见她夸张地叫："那你为什么拒绝林以宁了？"

然后，她投来一记恨铁不成钢的眼神。

桌子上王力宏的海报，已经出现了褶皱的痕迹，我使劲捋平，说："理由很简单啊，我不喜欢他，谁喜欢谁拿去。"

抬头，正好与趴在床上背单词的程亚丽的目光撞在一起，她拿着课本的手微微颤抖了一下。我想，此刻程亚丽一定恨死我了，她那么费尽心思去喜欢的人，却成了我嘴里可以随便转让的东西。

高二年级都知道林纾仪有张恶毒的嘴，在懂得惹不起躲得起的道理后，大家自然都退避三舍。我以为你被我恶狠狠地拒绝后，也会像他们一样，再也不会出现在我的面前。可是，在消失了三天后，你抱着好利来的泡芙站在女生宿舍下面，打电话让我下去拿。

我磨磨蹭蹭地从床上爬起来，装作一副吃惊的样子，故意很大声地对着电话问："什么？你竟然坐了四十分钟的车去给我买泡芙？"

我才不管是否会被你听出声音里面的做作，只要程亚丽听到就够了。

我一边下楼一边想，要不是程亚丽在宿舍，我一定不会从五楼跑下来的。可是当我站在公寓门口，看到你一边擦汗一边往我们宿舍方向张望的时候，说实话，我心里是有那么一点儿悸动和感动的。

可是这份细微得不易察觉的情感，都被十六七岁那点儿无限放大的嫉妒与虚荣心掩盖了。

上物理课走神儿，我咬着笔盯着程亚丽在想：她这种看起来除了学习什么都不想的好学生，为什么会喜欢你这种桀骜不驯，整天被老师请去喝茶的坏孩子？明明你们就不是一类人啊。

"是啊，林纾仪，明明我们是一类人，那你为什么不喜欢我？"

放了学，我们并肩走在学校后面拥挤的小吃街上，偶尔有几辆单车穿插而过，你都小心翼翼地揽住我，把我挡在身后。好像这是十六年来，第一次有人站在我身边这么做，说不感动是假的。可我早就把自己缩成刺猬的姿态，锋利的盔甲足够让自己不受到伤害。

我愤懑地看着被你咬了一口的地瓜，说："谁和你是一类人，我是班里的正数第一，你是倒数第一。林以宁，这就是差距。"

其实这是我的真心话，我从来无意来挽救失足少年，可是你却把这当成了我对你的激励，竟然开始抱着课本拉着我给你补习功课。

"你家那么有钱，随便找个家教都比我教得好。"

"那我花钱雇你好不好？"你拉开椅子在我旁边坐下，笑着，一脸温和地望着我。这样的你，好像是我第一次看见。

程亚丽回头看了我们一眼，眼神里闪过一丝不易察觉的难过。

"林纾仪，这次我要是考进班里前二十名，我请你吃饭好不好？"窗外凛冽的寒风敲打着窗户，室内你却露着整齐的白牙，笑得像个孩子一样天真，像是寒冬的北方一片兜头而下的充沛阳光，躲不掉了，心里的犹豫成了一张脆弱的白纸，轻轻一捅，丢盔弃甲般破裂。我轻轻点头，对上你质疑的目光。

我说："好。"程亚丽挺得笔直的背，猛然颤抖了一下。

有人说，这世上所有的坚持，都是因为热爱。

我无暇去考证这句话的真伪，可是我们却都像是偏执的疯子一样，在坚持着自己心里的那份坚定不移的执着。就像是我对王力宏十年不变的狂热，就像是你对我锲而不舍的追求，当然，还有程亚丽对你的那份，整个七中无人不知无人不晓的执念。

圣诞节就要来了，可是济南依旧没有下雪，期末考试成绩就在这么不尽人意的气氛中下来了。

我被程亚丽从第一名的位置上挤了下来，而你终于没有辜负你顶着的那两只巨大的熊猫眼，破天荒地靠近前二十名。

程亚丽看完成绩排名名单，趾高气扬地从我身边走过去，还不忘用尖酸刻薄的语气说："有本事就别在第一名的位置上掉下来。"

我还在想怎么反击，恰好看到你经过我们班门口，我白了程亚丽一眼，大声把喊你来。

你嬉皮笑脸地拍了拍我的头，问我怎么了。

"林以宁，程亚丽说你影响我学习了。"

程亚丽的脸成了调色盘，一阵红一阵绿地看着你。

"程亚丽，你别管闲事。"你走过去，颇有深意地拍了拍她的肩膀。

"林纾仪，你明知道我不是这个意思。"

"抱歉，我的理解能力没有那么好。"

看着程亚丽在你面前吃瘪的样子，我心情大好地把你拉出教室晒太阳。

你趴在走廊的窗台上，看着下面的草坪，沉默了很久才缓缓开口："你为什么不能学着和善一点儿呢？"

"这就是本来的我,怎样。"

我转过身,竟然有种想哭的感觉,我不知道这份感觉从哪里产生。我以为从父母离异,我哭着恳求他们不要分开被无视之后,泪腺就已经坏了。

我以为你懂得我的伪装以后,会给我一个结结实实而又温暖的怀抱,可是你给我的却只是美好的幻觉。

林以宁,有些人的敏感是后天生活环境造成的。父母各自再婚有了新的家庭,为了不被人抛弃,我不得不像只猫一样敏感地窥探着周围的一切。或许我那天太敏感任性了,你明明只是一句好心的建议,却被我当成攻击,快速地展开隐藏起来的盔甲来抵挡,却伤害到了你。

你整整一周都没有出现在我的面前,我心里急得快要发疯的时候,你找人送来一张王力宏演唱会的门票。

我以为你原谅我了,满心欢喜地拿着票去找你,你站在天台上,默不作声地打量着我。

"对不起。"我从未对谁有过这样低的姿态,扯着你的衣服低声道歉。

"别演了,程亚丽又没在这儿。"你一句话把我弄迷糊了。

"你……你什么意思?"

"就是你日记里写的那个意思啊。"我听见你说完叹了口气。

我呆滞地站在原地看了你许久,直到你转身都没有动过,像是被人点了穴一般。

我以为我拿你报复程亚丽是最完美的计划,却没有想到程亚丽不仅偷看了我的日记,还把它交给了你。

我在自己最完美的作战计划里,成为输得最惨的俘虏。眼泪簌簌地落下,打湿了你扔在我面前的日记本,第一页清晰地写着:妈妈说,是我幼儿园同学程亚丽的妈妈把爸爸骗走的。

我想冲到你面前解释,可是腿却软得迈不开步子。

那个冬天真冷,冷得我都以为自己熬不过去。我好几次都想找你解释,可是他们却说你被保送走了。你看,你多么恨我,才会连离开都不说一声再见。林以宁,你不知道你的出现,让我把紧紧关闭的心门打开了一丝缝隙,我想学着成为你口中那个和善的人的时候,你又"砰"地一下把那扇门关上。

王力宏演唱会上,周围所有人都在热烈地呐喊与尖叫,只有我一个人拿着门票的存根在座椅上哭得像个傻子。

你好像真的被我伤害到了,拉黑了我的手机号,删掉了我的QQ,所有与我有关的东西,都被你扔掉,把我想说见你的机会都堵死了。

林以宁,你不知道吧,其实后来我又辗转找到你的微博,只是我不敢明目张胆地关注你,我怕你再次把我拉黑,幸好微博有一项功能叫作"悄悄关注"。

你在微博上分享你的学习、你的生活。你上传的照片中帅气依旧,只是眉字间有了几分稳重。你看时间过了那么久,我们都变了模样,就连我喜欢的王力宏都宣布要结婚了,新娘是个大家都不认识的路人甲。

你转发了他宣布结婚的微博:转给那个我喜欢她时,她正在喜欢你的女孩儿。我知道她还在喜欢她喜欢的人,谁不是呢?

我看到这句话的时候,眼里打着转的液体喷薄而出。

如果十六岁之前,我知道有一天会遇到一个叫林以宁的男孩儿,有着明眸皓齿的笑容,笑起来像是融化万物的天使,那么我一定会收起自己身上所有的盔甲,努力去做一个朝着太阳生长的姑娘。

优格女生轻小调

文◎宝小盒

撒小北的梦醒记忆

SA XIAOBEI DE MENGXING JIYI

　　栀子花开了，开得烂漫。

　　洋洋洒洒的光芒在罅隙中照着校园中匆匆走过的人影，把影子拉得越来越长。

　　撒小北总在人影慌乱的午后在校园中穿行。白色的校服在清新的阳光下被镀上了一层闪动着的银光。

　　总会被成双成对的男女遮挡住视线。撒小北是羡慕他们的，目光中透着一束束犀利的光芒。他也希望有一个喜欢他的女孩儿，能每天和她走在这人影匆忙的午后的校园，能每天给她发短信，告诉她自己的一举一动。

　　当然，这一切的幻想，都会破灭。他拂过额头前厚厚的刘海，抬起头，舒展一下，望着天空中刺眼的阳光所汇聚成的那个火球。等到眼睛变得昏晕，才懒散地把头低下，闭上双眼，缓冲一下疲惫的眼睛。

他闭着眼，太阳的微热灼烧着他的皮肤，他感到一丝丝暖意，从头顶蔓延到全身。血液在混沌中沸腾了，他喜欢这样的感觉，如果现在有一张床，他会毫不犹豫地扑上去昏昏地睡去。

突然，他像是被什么东西猛烈地撞击了一下，昏沉中，他没有站稳，重重地跌了下去。他睁开眼，对着眼前的方向大声地叱喝着："是谁啊，有没有长眼啊，没看到有人吗？"他模糊的视线中隐约看到有人疾步向自己走来。是一个女孩儿，白色的校服飘动着，身上有着一股淡淡的栀子香味。她的额头前也有厚厚的刘海，双眼皮的眼睛里透出一种耀眼的光芒，仿佛要在瞬间侵蚀周围所有的人。那女孩儿已越来越近，直至撒小北的脚被人重重地踩了一脚，他才彻底地从昏沉中清醒。是那个带着栀子香气的女孩儿。她比撒小北矮一头，头发是棕黄色的，中间还掺杂着几根晶莹的紫色头发。而撒小北的头发全部是黑色的，在阳光下散发着格外闪耀的光彩。撒小北再一次隐约嗅到那女孩儿身上淡淡的栀子香味。

"你吼什么吼啊，是你像根柱子一样呆在那里，我才撞到你的啊。"女孩儿狠狠地说道。

"你说什么，明明是你走路没长眼。难道没看见有一个人在这里吗？还像一头河马一样乱撞！"

撒小北做出十分愤怒而又鄙视的表情，低着头看着比自己矮了许多的女孩儿。

那女孩儿忍无可忍，扬起拳头，又给了撒小北胸口一拳。痛得撒小北直不起身子来。打完，那女孩儿便扬长而去，走时还狠狠地留给了撒小北一句话："别再让我见到你，哼……"撒小北勉强直起腰，对着那女孩儿凶狠地咒骂了一句。

栀子香气淡淡地飘走了，或许对于撒小北来说不是什么幸运的事情。初夏的校园，栀子的香气蔓延得很远很远。蔓延到撒小北以及每一个人的心底。阳光穿透枝丫，在地上形成点点的光斑，格外悦目。

撒小北拖着疲乏的脚步走向食堂，挎包里是沉重的复习资料。撒小北每日对着朋友诉说自己在重点班如罪犯般昏昏沉沉、忙忙碌碌的生活。仿佛那些沉重的书本可以将自己的身高压下半个头去。

小北找到一个离食堂落地窗很近的座位。

重点班下课比较晚，所以食堂里早就挤满了人。

放下书包，撒小北疾步跑去饭窗那里打饭。

撒小北端着饭盘小心地走向自己的座位。他轻轻地闻了一下饭菜的香味，突然发觉今天食堂做的饭比往常要好一百倍。

陶醉在饭菜的香味中，撒小北并没有意识到，远处有一个女孩儿挎着书包正在向自己的方向奋力地跑来。

彗星撞到地球，产生的效应我们谁也无法用简单的言语去概括。

小北突然感觉到一股莫名而又熟悉的栀子香气扑面而来。他被突如其来的女孩儿撞了个满怀。女孩儿的头狠狠地撞到了小北的胸口，小北突然感觉到那女孩儿的额头是如此温和。还是同样晶莹的发线，同样熟悉的栀子香气。

仿佛时间在这一刻悄然地静止了，只剩下撒小北和散发着淡淡栀子香气的女孩儿。

时间悄悄地静止。

悄然无息的……

又在无法摆脱的现实中惊醒。

撒小北惊慌地把女孩儿从自己的胸口推开。

记忆的脸庞在幻想的迷津中苏醒，那栀子的香气，从心底盛大地蔓延开来……

"对不起啊，对不起啊……"

"喂，怎么又是你，难道你真是河马吗，眼睛长在头顶上了？"撒小北惊愕地对着那女孩儿说。

女孩儿慢慢地抬起头，惊恐中突然意识到这张脸孔是那样熟悉。

"是你？你才是河马呢，怎么又遇见你？真是倒霉！"女孩儿红着脸，带着淡淡的栀子香气匆匆地跑开了。

直到在撒小北的视线中幻化成一个实心的黑点。

撒小北突然发现，这个女孩儿羞愧的样子分外好看。胸口又一次有着熟悉的痛楚，是那女孩儿撞得过于猛烈吧。撒小北收拾起撒了一地的饭菜。突然发现，白色的米饭上有一部粉红色的手机。撒小北轻轻地捡起那印着粉色凯蒂猫的手机，脑袋里回想起刚才的一幕。他意识到这一定是那女孩儿落下的,撒小北把手机装在裤兜里,匆匆地向女孩儿离开的地方追去……

初夏灼热的阳光在流着晶莹汗水的肌肤上发光。当汗水湿透了撒小北的T恤,他也没有找到那女孩儿。他从裤兜里掏出手机,仔细地寻找着可以联系到那女孩儿的所有方法。

他或许可以微微地感触到,那女孩儿一定在慌张地寻找着自己的手机。想到这里,有一颗晶莹的汗珠顺着撒小北的脊背流下,似乎可以看见那汗水在空气中被蒸发……

撒小北失望地离开了……

撒小北家住在离学校很远的一个小区,所以每天必须坐公交车去上学。爸爸想让自己的司机开车送他去上学,可是他却执意不肯,他说那样让同学看见了肯定会笑话他"耍大牌"的。所以每天顶着夏日清晨的昏黄,撒小北总会跑着去赶公交车。

撒小北在人群中挤上了公交车,开到学校还得一段时间,撒小北拿起书坐在公交车的老位子上认真地看起来。偶尔也会望一望车门口上上下下的人们,撒小北是喜欢这样的生活的,因为这样他会觉得自己的生活每一天都是充实而又饱满的。

一个留着厚厚的棕黄色刘海的女孩儿上了公交车,游离的眼神巡视着车厢的四周,期待还有一个空着的位子。

撒小北注意到了她,从昏睡的昏沉中清醒过来,那不就是……

那女孩儿并没有注意到撒小北,继续巡视着。

撒小北慌张地从背包里找寻着那女孩儿遗失的手机。啊,找到了。撒小北站起身,走到女孩儿的面前。

那女孩儿回头望见了撒小北,惊讶的表情在脸孔上徘徊着。

"是你,我怎么又这么倒霉?在哪里都要遇见你。"女孩儿身上仍散发着淡淡的栀子香气,只不过这次比原来的要浓郁一些。

"呃,你的手机掉了,我是来还给你的……"撒小北的脸色变得羞愧。结结巴巴地说。

"啊,原来在你这儿……原来……"

还没等女孩儿说完,司机突然踩了一个急刹车,站在过道里的女孩儿,突然跌倒在地，被撒小北扶了起来。

撒小北突然意识到自己对这个女孩儿有了一种莫名的感觉，这种感觉就像栀子的香气一般无法捉摸。他多么希望时间就这样凝滞了，静静地……

初夏的夜晚，月光轻轻地在撒小北的心中荡漾着。湖面倒映着波动的月光，驿动着的心。

撒小北望着湖面的月光，多么希望自己可以再见到那女孩儿，哪怕只有一眼静止的凝望……

那带着淡淡栀子香气的女孩儿并没有在公交车上要回撒小北捡到的手机。而是对撒小北说了一句话："其实，自从第一眼见到你，自从第一次嗅到你怀里那淡淡的气息，我就被你吸引住了。我就要转走了，这部手机是我故意丢下的，请原谅我的心机，我只希望……你会记得我吗？"

撒小北惊愕地望着女孩儿，望着女孩儿厚厚的刘海反射出自己的目光。

撒小北惊愕了许久，直至那女孩儿离开了这所学校。

撒小北惊愕了许久……

撒小北坐在食堂靠近落地窗的座位，望着那女孩儿留给自己的手机。

他突然觉得这一切像是一场幻梦，自己只是这梦里一只被惊飞的鸟儿。

撒小北，被惊飞了许久……

潇潇牧雨

成长里总有快乐的音符在光阴中停留。

ZUIMEI BUSHI XIA YU TIAN
最美不是下雨天

文◎陈 茜

1

林茜刚从另一座城市转到这所私立高中。

尽管周围都是陌生的环境、陌生的人，但她并没有感到不适应。她已经习惯了这种颠沛流离的生活。妈妈是国内赫赫有名的商人，她经常因妈妈的工作而转学。一开始，她会舍不得自己好不容易熟络起来的朋友，但后来，她渐渐麻木了。她知道，不让自己伤心的唯一方法，就是不要在任何人身上投入太多的感情。

更何况，这次妈妈告诉她，她们不会再到处搬家了，就留在这座城市里，踏踏实实地过日子。

2

那个夜晚下着雨，雨声滴滴答答，林茜听来格外动听。突然，爸爸妈妈的房里传来了一道玻璃破碎的声音："你出去！我不想和你这种人生活在一起！"妈妈歇斯底里地喊道，她漂亮的面容此刻因愤怒变得格外恐怖。林茜从来没有见过妈妈这样子，她呆呆地望着他们，后来她看见爸爸像一阵风一样消失在雨中。

雨水和泪水模糊了她的双眼。

也许就是从那个时候开始讨厌下雨的吧，林茜叹了口气，轻轻揩掉眼角的泪水。午后的阳光使她娇小的身子充满暖意,她决定不再想那些不开心的事情了,因为下午就要进行她转校以来的第一次月考,还是这个问题最实际。实际上她根本就没有必要担心,因为她的成绩一直拔尖,她并不是所谓的爱学习的好孩子,只是第一名的成绩能够使失去爸爸的她,感到短暂的自豪。她之所以担心,因为在校的这几天,她听说一个叫佘洛的男孩儿特别厉害,几乎每次考试都是第一名,是这里"不朽的神话"。

第二天成绩公布。林茜夹杂在一大群人中,在公告牌上,她的名字高高排在第一位,佘洛屈居第二。林茜面无表情地从人群中退了出来,身后的人群又议论开来了:"怎么这么自大啊?""把佘洛挤下来了还这副表情……"

日子继续过着,林茜继续沉默着,不过,沉默也会有被打破的时候。

这天体育课,老师宣布测试女子800米,不及格的加跑三圈。全班女生尖叫连连,当然,除了林茜,而男生则幸灾乐祸地坏笑。

随着一声令下,同学们都冲了出去,林茜紧紧地跟上同学们的脚步,可是才跑了不到一圈,就开始大口大口地喘气。她努力想要加快速度,但就是跑不快;想听到加油和鼓励的声音,但耳边传来的只有毫不留情的嘲讽:"她考试不是很拽吗,怎么现在蔫啦?""原来她也有今天!"林茜努力调整自己的情绪,但那些声音就像一条条毒蛇,撕咬吞噬着她小小的心脏,她的腿突然一软,倒在了塑胶跑道上……

林茜醒来的时候,已经躺在医务室了。她看了看四周,除了自己一个人都没有。"林茜,你醒啦。"只见一个好看的男孩儿端着一杯水,朝自己走来,他的眼睛大大的,里面盛满了温柔。

"你怎么知道我的名字?"林茜有些害羞地问。

"你是我们班的同学啊。"男孩儿看着眼前这个怯生生的小姑娘,不禁生出一丝怜惜,"既然没人和你做朋友,那我……我认你当干妹妹吧?"林茜抬起头,看着这个素不相识的男孩儿,轻轻点了点头。男孩儿开心地笑了,脸上是满足的表情。"哥……你叫什么名字啊?""我叫佘洛。"

林茜吃惊地瞪着这个男孩儿,仿佛不相信他说的话——佘洛就是上次月考的第二名,全校同学都因为佘洛而冷落她,却除了佘洛自己!佘洛好像早就预料到似的,过了好一会儿,他抬起手摸了摸林茜的头,温柔地说:"以后没人会欺负你了,还有……我会赶上你的。"说完,朝林茜做了个鬼脸。

事实证明佘洛的话是对的,首先,的确没有人再欺负林茜了,连佘洛都不在乎林茜超过自己,别人又能怎么样?再就是,佘洛的确赶上林茜了,上次月考他们并列第一,佘洛还用戏谑的语气对林茜说:"要加油哦,下次我超过你了该怎么办呢?"

日子仍旧平静地过着,林茜和佘洛每天都会一起回家,只是佘洛不知道,其实林茜家和他家并不在一个方向,林茜每天都看着佘洛走进家门,然后心满意足地绕一大圈回家。林茜不是吃饱了没事做,只是她真的很享受和佘洛在一起的感觉,怎么说呢?很微妙的感觉,让林茜感到很温暖。

刚刚下晚自习,窗外就下起了雨,佘洛麻利地穿上雨衣,却发现林茜没带雨衣,于是他转身将雨衣脱了下来。"你……干什么啊?"林茜用奇怪的眼神看着佘洛,佘洛头也不抬地说:"废话,当然是给你穿咯,难道还扔了不成?"林茜的脸立刻红了,结结巴巴地说:"那,那怎么行……"话还没说完,佘洛就把雨衣丢到了林茜怀里,"你给我穿上!"这是佘洛第一次吼林茜,林茜呆住了,却没有感到任何不悦或委屈,有的只是海啸般的感动。林茜慢慢地穿上雨衣,呆呆地看着佘洛为自己扣扣子,那一刻,周围的雨声似乎都消失了。这是第一次,她觉得雨没有声音,她只听到佘洛均匀的呼吸和自己怦怦的心跳声,不知道为什么,她突然希望这一刻永远地持续下去。

之后,林茜的小世界乱了。她第一次发现原来人是不能控制自己的情感的,她的成绩不可救药地从第一名掉到了第三十二名。

但林茜有些难过地想,至少佘洛会高兴吧,他终于超过我了。

"林茜!"佘洛向林茜跑来,看起来有点儿生气,"你这次考试怎么回事?"

"……你不高兴吗?"

"你这话是什么意思?别以为我是那种天天乞求着你成绩掉下来的人,我不是!"

林茜看着佘洛那张愤怒的脸,心里的委屈像潮水般涨了上来。之后好几天,林茜和佘洛一句话也没有说过。

他们也没有再走同一条路回家了,只是林茜想不到,在无数个看似孤独的黄昏,她其实并不孤独,有一个天使般美好的男孩儿,总是悄悄地跟在她后面。沿着那条陌生的小路,护送她回家时,男孩儿总是在心里想:"真傻。"

"叮咚"!门铃响了,佘洛将门打开了一条小缝,朝外面望去——眼前浑身湿漉漉,眼睛红红的林茜,着实把佘洛吓了一跳,他赶紧把林茜拉进屋里,用吹风机帮她吹头发。

"你没事吧?怎么搞的?"

林茜咬着嘴唇,没有说话。

"算了,不想说就别说了吧。"佘洛的声音里透着一丝怜惜。突然,林茜回过头,抓住佘洛握着吹风机的手,说:"如果,我是说如果,我要走的话,你会舍不得吗?"

"……走?去哪儿?"

"美国。"

佘洛的手明显抖了一下,他盯着林茜看了很久,不再说话。

林茜终于决定向佘洛表白了,因为再不说就真的没机会了。

妈妈决定将林茜送去美国留学,不是说好了不再搬家吗?可是生活就是这样,充满了无奈。

这是临行前的最后一天,她想这次一定要说出来,一定。只要佘洛挽留一句,她就放弃一切留下来。

这天下了晚自习,林茜鼓起勇气想要向佘洛表白,却发现佘洛不见了。她找遍了整栋教学楼都没找到,最后,她在教学楼后的小树林里发现了佘洛。

路灯无力地撑开一片狭小的光,佘洛正和一位漂亮的女孩儿在聊天。

林茜觉得自己好不容易撑起的勇气一瞬间全垮了。这时,佘洛回过头,发现了林茜,那个漂亮的女孩儿也发现了陈茜,有点儿狐疑地问佘洛:"她是谁?"林茜看着她,平静地笑笑:"他是我哥,我是他妹妹。"

佘洛默默地看着林茜,眼神复杂,林茜心里突然觉得很痛快。她盯着佘洛的眼睛,一字一句地说:"哥,恭喜你,让我走得没有一丝遗憾了。"

飞机起飞了,林茜想,留恋一座城市,其实是留恋那座城市里的某个人。那么,她对这座城市真的已经没有任何留恋了。只是她不知道,佘洛那封没有掏出的信,她再也没机会看到了——

林茜:

我在家里养了一只猫,我叫它林茜。它和你一样可爱,我每天带着它在那条盛满回忆的小路上散步,每次我都幻想着你就在我身边,陪我一起走,然后绕一个大圈回自己的家。

只是,每到下雨的时候,我都会觉得莫名地忧伤。直到现在我才发现,原来和你一起经历的每一场雨,都是没有声音的。

可是现在它们却那么吵,吵得我心烦。林茜,原谅我在你走的前夕找了个女孩儿演了那出戏骗你。我不想耽误你的前程,我更不想你在异国他乡有一丝一毫的牵挂,那样我的心会很痛。但是你没有机会知道了。我想我们的感情还没来得及开花就已经枯萎了,它会渐渐被人遗忘,没有人会记得它,毕竟这个世界那么大,而它实在太藐小了。再见了林茜,再见了我青涩的青春。

佘洛

优格女生轻小调

独角兽小姐的隐秘成长
DUJIAOSHOU XIAOJIE DE YINMI CHENGZHANG

文◎孙晓迪

1

　　于小颜在文城一中很有名，每个人都知道她。她不漂亮，学习成绩很差，才艺和特长也寥寥。于小颜之所以极负盛名，是因为她长了一副骇人的龅牙——那是我所知道的最严重的牙齿畸形，连嘴唇都合不上，只能每时每刻微张着嘴，这让她看起来愚蠢至极。最要命的是，她还很胖。这基本就给一个女孩儿判了"死刑"。

刚升学时，有人同情和关心她，可她没有任何反应；有人嘲笑和讽刺她，她也没有任何反应。她不感谢，不愤怒，不微笑，不哭泣，在她的脸上，你看不到任何表情。从她宽阔平板的脸上，两条线一般的眼睛里，你看不到她在想什么。她只是张着嘴，露着她鼓出来的牙，像一头缓慢而孤独的巨大野兽，视而不见地接受我们加给她的不公平。

从高二开始，随着课业的繁重，升学的压力越来越大，已经很少有人再提于小颜了。她也越来越像一个居住在洞穴里的怪物，几乎天天都趴在角落里的座位上，没人知道她在干什么，也没人感兴趣。

所以当我们发现于小颜的异样时，她应该已经持续了一个多月。

是郑倩宇。

那天她请我们吃甜点，是蔓越莓纸杯蛋糕，她自己在家做的。趁我们围绕在她身边，她很快就把话题转移到于小颜身上。

"她好像每天都在吐血。"

"白血病啊？"一个作风很强硬的东北女孩儿说，她是转校生，当初是用拳头征服我们的，"韩剧啊？就她那体形，也没法当女主角啊。"

大家笑了一会儿，朝于小颜的座位看了看。那个座位是单独的，没有同桌，旁边是黑色的垃圾桶。厚厚的书把那张课桌摞成了一座城堡，而于小颜把自己缩在里边。

"昨天轮到我倒垃圾，我看到于小颜扔了一塑料袋纸巾，全是红色的。我还看到她的嘴里都是血……"郑倩宇打了个激灵，"她是不是病了？"

"管她呢。"东北女孩儿说，"小倩，这蛋糕真是太好吃了，你怎么做的？教教我呗。"

"不能不管吧。"郑倩宇没有接东北女孩儿的话，紧张地说，"不大好吧。"

"她不会死的。"又有一个人说。

最后我们达成一致，一起去看她。

她果然在吐血，并不是因为病了，而是她戴了牙箍。这让她看起来更加恐怖，那张合不上的嘴里，除了一排凌乱突出的牙齿，一副铁牙箍，还有丝丝鲜血不停地渗出来。

"医生说畸形很严重，要戴两年。"于小颜的话比以前多了点儿，听起来却还是那样刻板，"我还……"

"我就说她没事嘛。"东北女孩儿第一个走了，我们也很快地走了。因为是夏天，她座位旁的垃圾桶味道实在大。

与于小颜戴牙箍相比，我们更在意郑倩宇做的蔓越莓纸杯蛋糕，所以我们很快就把这件事抛到了脑后，把于小颜也抛到了更远的地方。

进入高三下学期，离高考只剩半年。我们谁也顾不得了，关心的只有自己能考多少分，会去哪所高校。

但于小颜的名字，竟然开始频频出现在我们耳中。

先是一场小规模的数学统考，全班最高分是于小颜；寒假后的第一次月底模考，进步最大的是于小颜，名次从第四十排到第十八；第二次，她进了年级排名前五十的榜单，班级排名第十二；三月，年级排名第三十六，班级第八；四月，年级排名第二十一，班级第五。

时间过得再快，也不如于小颜成绩上升的速度。班主任开始找她谈话，向她推荐各式各样的重点高校，各科老师在课堂上请她去黑板前解答题目，语文老师甚至要她谈一谈如何写出满分作文。

我们像重新认识于小颜一样盯着黑板前的她。她瘦了一点儿，腰部那里有了曲线；牙齿往里缩了很多；脸变得尖起来。我们心情复杂地发现，于小颜变漂亮了。

她座位边的垃圾桶搬到了别处，换了一台饮水机，她是班上最方便接水的人。那些城堡一样的书被挪到了地上，只要一转头，就可以轻易地看到于小颜，她面无表情，坐得笔直。

这样的于小颜，让每个人更加无法接近。谁也不知道，她是怎样一夜之间就从丑小鸭变成白天鹅的，在我们的眼皮子底下，她上演了一出咸鱼大翻身的好戏。在高考那天，这场戏终于迎来了它的大结局——于小颜考了全省第一。

谁也不会忘记高考结束后，返回文城一中的那一天，我们在楼前广场见到的于小颜。她放下头发，换掉校服，穿着一条收腰的紧身红色连衣裙；牙箍被摘了，那些错乱的牙齿终于被乖乖地收在了里边；她的脸尖尖的，是饱满的心形。她终于不像过去那样平板着一张脸，她一直在笑，对我们所有人笑。

每个人都不敢面对她的笑容，那笑容如此美好，如此灿烂，又如此残酷地映照出我们的丑恶与无情。她不是天生丽质的女主角，故作矜持地隐藏自己的容貌，她有多丑，我们都知道。我们习惯了她的丑，认为那天经地义。因为她的丑，我们伤害她；因为她的丑，我们疏远她；因为她的丑，我们把她逼成一头孤独的野兽，得不到任何陪伴。

她并没有放大或隐藏自己的缺陷，她只是把它们留在那里，留在我们面前，然后去转变。在最好的青春岁月里，这头森林里孤独的野兽，是用了怎样的毅力，怎样的力量，把自己一点儿一点儿磨成了如此美丽和优秀的样子？

"最难熬的并不是嘲笑和欺骗，而是疼痛和饥饿。"于小颜说。

刚戴上牙箍的第一个礼拜，她痛得能感到脸上的所有脉搏在持续而坚定地跳动，跳得她想死。医生说她牙齿畸形太严重，为她制作了一副非常严苛的牙箍，使她不得不只吃流食度过前三个月。前三个月，她的唾液里全是血，那种血腥的、甜腻的味道，她永远不会忘记。等她习惯牙箍带给她持续的疼痛后，她开始专注于体重的减少和成绩的提高。

最便宜实惠的减肥食品是什么？不是黄瓜，是青萝卜，一块钱可以买一大个。她跟家人撒谎，说在外面吃过了，然后回房间啃萝卜充饥。那东西很辣，她常常吃得满脸是泪，因为戴着牙箍，她也不能咀嚼，只能笨拙地用门牙啃。她在镜子里见过这种吃相，愚蠢而猥琐。

饥饿让她清醒，背诵又让她昏昏欲睡，可她必须坚持。她想提高成绩，只能靠最原始的方法——她把所有东西都背了下来，光数学就背了一万道题。

从高二开始，她每天只睡四个小时，只吃一点儿饭，逼着自己习惯青萝卜的味道，然后在所有人的漠视与嘲笑中，忍受牙箍带来的疼痛，努力合拢嘴唇。第一年是非常痛苦的，因为她看不到任何改变，到了第二年，也就是高三，她终于开始品尝到努力的成果，等到人们注意到她的转变时，她已经要成功了。

如果她没有遇到那个人,一定不会鼓起勇气改变这一切。

那个人叫乾贞治。

乾贞治,青春学园网球选手,初中部三(11)班,学号2号,生日6月3日,身高184厘米,体重62公斤,血型AB型,惯用右手,得意技:数据网球、超高速发球、瀑布发球、跳跃截球。

高一下学期,在街边一家老旧的书店里,她翻到一套《网球王子》的漫画,用零花钱买了下来,偷偷拿到课堂上看。

她不喜欢主角龙马,她喜欢乾贞治,越来越喜欢。她喜欢他戴眼镜的样子,喜欢他打球的样子,她喜欢漫画里的他,喜欢TV(电视)版的他,喜欢他的一切。她为他的成功而兴奋,为他的失败而黯然。整个少女时代,乾贞治是她最初的,也是唯一的恋人。

没人知道她除了戴牙箍,还拔掉了五颗牙齿;没人知道她每天都睡不够;没人知道她天天吃青萝卜有多么痛苦……她做的一切努力,没有人知道,也没有人关心。但是没关系,她有乾贞治。当同学嘲笑她,所有人都不声不响地走开时,她对自己说:"没有关系,我有乾贞治。我只要有乾贞治就好了,我会为了他而改变:为了他好好学习,因为他学习好;为了他好好减肥,因为他身材好;为了他好好治牙,因为他很帅。"为了他,她鼓起勇气,忍受这一切。当她感到挺不下去时,感到一切毫无起色时,她就看看他,他会给她力量,无穷无尽的力量。

在青春这座茂盛繁杂的森林里,这头丑陋的野兽,动物们疏远她,欺侮她,她孤独寂寞,只能与树木溪流、日月星辰为伴。在漫长而疼痛的岁月中,她最终成长为优雅美丽的独角兽。而让她拥有蜕变的勇气,并为此努力忍受所有痛苦的,并非仇恨与愤怒,而是芬芳丰沛的爱!

潇潇牧雨

成长里总有快乐的音符在光阴中停留。

YI CHANG QINGCHUN DE BING
一场青春的病

文◎凌霜降

[法桐树]

叶小桐住的那条街道两旁，种了很多的法桐树，据说每一棵都有超过六十年的历史，两个人才能合抱的白色树干上面是像巨伞般伸展的枝叶，每每到了春天，就很好看。

优格女生轻小调

从叶小桐住的那栋楼往南数到第十五棵树,就是钟雨澜住的那栋楼。叶小桐每天上学都会早出发五分钟,沿着那些卫兵一样静静矗立的法桐树往前走,走到第十五棵树的时候,她就会停下脚步,抬头往上看。

她觉得第十五棵树的树叶长得特别好看、特别翠绿,很特别。

就像她觉得钟雨澜也好看得那么特别一样。

在叶小桐盯着那些特别的法桐树叶看了大约一分钟的时候,钟雨澜就会从路边那扇铁门里拐了出来,很不意外地看到她,然后笑,然后就夸张地说:"叶小桐,你又在等我呀?"

起初叶小桐听他这么说,会说:"对呀,我等了你一分钟了。"那是小学三年级以前的回答。后来就变成了:"谁等你呀,我是刚走到这里好不好?"

到了现在,就变成了沉默。

"叶小桐,你最近是不是开始推崇沉默是金呀,一百句都换不来你一个字儿。"

"没有呀,只是没有吃早餐,没力气说话。"其实叶小桐吃过早餐了,她只是随便编一个理由。

于是,钟雨澜就从自己的背包里掏呀掏,掏出不知道什么时候吃剩的半个面包塞给叶小桐,直接忽视她的鄙视眼神:"有吃的就不错了。你看你,虚弱得好像随时会挂掉似的。"

叶小桐接过面包,没吃,也没说话,他们一起上了最早班的520路公交车,一路沉默到了学校。钟雨澜大概也觉得叶小桐的沉默很没有意思,所以,他塞上了耳机。

其实连叶小桐自己都发现了,对很多事情,自己都变得沉默了。

就像这些树,几十年,甚至以后的几百年,只是在这里站着、生长着,一如既往地沉默不语。

也像她的那些小小的情愫,逐渐变得沉默如呼吸。

[两个"嗯"]

从520路公交车下车后拐一个街角,就到了校门口。一个漂亮女生忽然跳出来拍了一下钟雨澜的肩膀:"早!"叶小桐看到钟雨澜笑了,拔下耳机对那个女生

说："早。"然后两个人有说有笑地走开。

叶小桐觉得自己的心里莫名其妙地很惆怅。

这惆怅满满的、沉沉的，压在她的嗓子下面。

赵一依说："那个漂亮女生叫何音，是钟雨澜的同桌，学习不错，人缘也不错，钢琴九级，学过美声，学校里有什么晚会呀之类的，女主持都铁定是她，被男生背地里评为校花。"

她更不想说话了。

赵一依有个好朋友在钟雨澜那个班，经常会跟她说起钟雨澜的消息，钟雨澜得了什么奖，钟雨澜踢球受伤了，钟雨澜收到谁的信，钟雨澜最近和谁走得近。

这些消息，有的她知道，有的她不知道。但她就是愿意听别人谈起他。她觉得那样，她一天的生活内容，就都是关于他了。

叶小桐有时候觉得，自己就是因为这个原因才会愿意和赵一依这样爱八卦的女孩儿做好朋友的。但这么想完后，叶小桐又觉得自己可势利了。

英语课的时候，叶小桐因为自己的沉默，挨了一顿狠批。

Miss（小姐）王平时脾气挺好的，今天不知道怎么的，跟吃了炸药似的，叫叶小桐站起来读一段课文。叶小桐站起来后，直接摇摇头。

Miss王爆发了，逮住她一顿狠批，说什么别仗着青春期耍性子呀，说什么我可不怕你什么"官二代"呀，说什么你不好好学，祖荫再大也有倒霉的时候之类。

连赵一依都觉得Miss王说得难听，可叶小桐没哭没闹，眼神波澜不惊的，就只是那么站着，沉默不语，有点儿可怕。

"有点儿可怕"是赵一依的原话。

令叶小桐没有想到的是，这句话，当天就传到了钟雨澜的耳朵里。那天放学，在520路公交车站，叶小桐意外地发现了钟雨澜。

叶小桐平时为了避开挤车高峰，都会在教室里做做作业，晚一点儿再走，所以，回家时，她很少能遇上钟雨澜。

"听说Miss王失恋了？好像是被一个'官二代'给抢了男友，所以随便找个点就爆。"是钟雨澜先说话的。

叶小桐看了钟雨澜一眼，想说：你怎么也这么八卦呀。可话快要出口，像被什么堵住了一样，于是只"嗯"了一声。

"难过得说不出话来吗？"钟雨澜继续说，"我告诉你呀，对待Miss王这样的失恋人士，我们应该报以宽容的心，不是有句话说吗？生气就是拿别人的错误来惩罚自己。你气得说不出话来，就是拿Miss王的错误来惩罚自己，多不划算呀。再说了，跟个失恋的女人计较什么——全当她胡说好了。"

"嗯。"叶小桐是这样回答的。然后她看到钟雨澜的头夸张地往后倒在椅背上："我感觉自己太失败了，我特意来安慰你，居然只得到了两个'嗯'。"

谢谢。

叶小桐其实还想说这个，但是，她还是没有说出来。

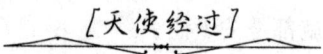
[天使经过]

周日下午的太阳很大，但五月的风是凉爽的，这让从家里跑出来的叶小桐好歹好受一点点了。

她站在第十五棵法桐树下已经快一个小时了，有点儿想打电话把钟雨澜叫出来，但是……

但是什么呢？想不出什么原因，就只是，忽然又觉得不用。

于是，她就那样在那棵法桐树下，站一站，蹲一蹲，然后转着圈走一走。

"喂，据我观察，你在这里站了一个小时了，你是在等我呢还是在等我呢？"钟雨澜忽然出现，他拍了叶小桐的肩膀一下，吓得蹲在地上看蚂蚁的叶小桐差一点儿就跳了起来。

我没有在等你。

叶小桐刚想说这句话，又迟疑了一下，钟雨澜马上抢过话去："说吧，是什么原因让你顶着大太阳在外面瞎溜达不回家？"

然后他也蹲下来装作和她一起看蚂蚁，偶尔转头看看这个他永远摸不清到底在想什么的女生。

沉默了好一会儿，叶小桐终于一字一顿艰难地说出了一句话："我姐的男朋友来了。"她的声音喑哑，像是哭哑了喉咙。

说完之后，她觉得自己累极了，都快喘不过气来。

奇怪，难道沉默久了真的会变成生理性哑巴？看她说句话困难的。

"哇哦，是有天使经过吗？这是你这么久以来对我说过的最长的一句话了！"

钟雨澜欢呼雀跃的样子要多欠揍就有多欠揍，不过依然那么好看。他迅速在叶小桐的拳头捏碎之前回归了正题："我说，你至于要玩离家出走吗？不就是你姐的男友来见家长，而你还没有男友吗？话说你才十五岁交什么男友嘛，会被当成早恋打击对象的，做人不要那么早熟嘛，晚熟一点儿好，我就喜欢幼稚的。"

钟雨澜说了半天，只换来叶小桐一个超级大白眼，他住了嘴不到半分钟，忽然像想通什么一样，拍着脑袋说："莫非……不会吧！你姐的男友就是那个抛弃了Miss王的陈世美吗？"

不然你以为我为什么不好好在家待着。

叶小桐再次白了钟雨澜一眼，轻轻叹了一口气，站起来靠在法桐树上看路上偶尔经过的行人。

"也是哦，这种时候，说也不是，不说也不是。说吧，怕大家不高兴，你姐失恋，不说吧，怕你姐就摊上了这么个陈世美。真为难呀。"

钟雨澜也站了起来，靠在她旁边，和她一起发呆。

这一点上，钟雨澜倒是做的不错。很多时候，叶小桐发呆，钟雨澜也陪着发呆，叶小桐数蚂蚁，钟雨澜也陪着数蚂蚁，叶小桐不说话，钟雨澜也会陪她一起沉默。

但最后打破沉默的，还是钟雨澜。

[不能说的秘密]

"哎，那陈世美知道你姐不是你亲姐姐吗？"钟雨澜忽然问。

叶小桐的姐姐叶小槐是叶小桐的爸爸的一位战友的女儿，二十年前，那对战友夫妇双双在救灾时牺牲后，叶小桐的父亲就把她接到自己身边，当成亲生孩子抚养。

"大概不知道。"

"那咱把消息告诉他吧。如果他是为了你姐是'官二代'才追的你姐，那等他知道你姐不是真的'官二代'之后，就会主动提分手，你姐就能逃过一劫了。"

钟雨澜说得头头是道，叶小桐不禁眯起眼睛看着他。这小子真的是十五岁吗？

怎么想法比二十五岁的人还世故，一点儿也不相信爱情。

"你这样看着我干吗？眼神阴森森的。"钟雨澜脑袋往后移了移，一副"小生怕怕"的样子。叶小桐还是看着他，没说话，也没笑。

以前吧，她觉得钟雨澜这样子说话挺好玩，个性蛮活泼的，和他在一起很有意思，现在忽然发现这个家伙有时候思想成熟得不像个小孩儿，有时候却搞怪得真的很幼稚。

"哎，你再这样看我，我走了呀。我冒着这么大的太阳出来陪你，你应该感激我才对，不请我吃冰激凌也应该说句话吧？"钟雨澜抗议着，忽然拉起叶小桐往前面不远的商店走去，"算了，我请你吧。"

叶小桐跟着他走，一直没吱声，直到接过钟雨澜递过来的芒果味雪糕时，她笑了一下，发自内心地，有些不由自主地。

她自小就喜欢芒果味的雪糕，每次吃到都会很开心。

看到她笑，钟雨澜又哇哇地叫起来："叶小桐，你真是势利，有吃的才笑。凭什么每次都是我请你呀？你还连谢谢都不说一句。不过算了，你这个家伙每次都是有吃的才笑，我都习惯了。"偏偏他又觉得看到她的笑容也是件不错的事。

芒果雪糕让叶小桐的心情好了许多，钟雨澜说，一切交给他，明天放学后就搞定这件事。

叶小桐回到家，客人已经走了，爸爸妈妈和姐姐在客厅里说着什么。妈妈问她刚才去哪儿了，叶小桐摇了摇头，没说话就回房间关上了门。于是他们在外面谈论她，说她最近不爱说话了，青春期的孩子真难懂。

其实，她并不难懂，只是，她的心里忽然有了一些不能说的秘密。比如说，喜欢一个人，比如说，讨厌一个人。

其实，长大不都是这样的吗？她只是比别人稍微沉默一些而已。

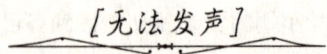
[无法发声]

第二天放学后，钟雨澜居然直接走进叶小桐他们班的教室把她拖走了。叶小桐看到赵一依传过来的眼神，那个惊诧，那个羡慕，甚至有点儿妒忌。

叶小桐想起她和赵一依做好朋友的开始，是因为赵一依忽然申请要和她同桌，搬过来那天问她的第一句话是："你和钟雨澜每天一起坐520路公交车来上学,好浪漫呀。"

叶小桐觉得伤心,为自己和赵一依的友情。

钟雨澜说他已经打听到了Miss王前男友也就是她姐姐现男友的电话和地址,并且,已经以她的名义发了短信约好了跟他见面,对方很爽快地应约了。钟雨澜说:"你不想说话没关系,一会儿都由我来说,你只需要在强调的时候帮一下腔就行了。"

这样的钟雨澜,好像是在对她说:你不用怕,我来保护你。

那个年轻帅气的男人是名医生,很热情地请他们俩吃肯德基。钟雨澜毫不客气地啃着鸡腿,嘴上可不闲着:"其实叶小桐是独生女,她姐姐是父母双亡后收养的,跟她没有血缘关系。对了,叶小桐,你姐来你家的时候你几岁来着?"

什么几岁呀,她姐来了五年之后她才出生好不好。

叶小桐张开嘴想更正他,但是,她努力了半天,发现自己说不出话来。

"你几岁来着,当时?"嗯?钟雨澜把目光从鸡腿移到叶小桐身上,示意她回答,另一双眼睛也正微笑着看着她,等她的答案。

叶小桐咽了口口水,努力想说话,但令她自己震惊的是,她仍然发不出声音。

"叶小桐,你说话呀,你怎么了?"钟雨澜急了,叶小桐嘴唇一张一翕的样子吓着了他。

这个女孩儿,永远都是外表看上去柔柔弱弱的,内心却坚定骄傲得很,从没有像现在这一刻这样惹人担心。

叶小桐也急了。但是,她无论如何也发不出声音了。

于是,这一趟想摊牌吓跑别人的约会,就变成了吓自己。

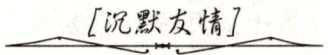

[沉默友情]

叶小桐病了。

直接导致她失声的病叫作声带边缘黏膜组织异常增长,如果不做手术,她以后就真的变成哑巴了。

妈妈哭得最伤心:"都怪我,我早应该发现的,这孩子说话太少了。以为她是不想说，原来是说不出来，这得多委屈呀。"

平时忙得几乎不见人影的父亲一整天都待在医院里陪她，买了书给她看，给她削苹果，还喂她喝水，更令人惊讶的是，他竟然还会说笑话！

姐姐为了哄她开心也拿出了绝活儿——她竟然是个cosplay（角色扮演）高手！扮杰克船长简直绝了，叶小桐都以为强尼·德普来看自己了。

叶小桐说不出话了，但她一直在笑，可看的人都有点儿伤心：忽然变成了哑巴的人怎么可能笑得那么开心？必定是心里有什么不能言说的忧伤。

后来叶小桐的同学来的时候，叶小桐才笑得少了些。

叶小桐以为钟雨澜没来，但赵一依忽然走过来拥抱她，眼睛里开始掉金豆子的时候，叶小桐才看到钟雨澜就站在人群后面，平时爱说爱笑的他忽然很安静，用一种极柔软的眼神在看着同学们安慰她。

从开始到结束，钟雨澜一直站在后面，一个字也没有说。

赵一依没有走，病房里没人之后，她眼睛还红红的。她从包里掏出一个精致的小本和笔塞到叶小桐的手里：以后你有什么想说的，写出来，我替你去说！骂人的也可以，想骂谁骂谁，我替你出声！我想过了，喜欢个男生算什么呀，还是友情价更高。你想告诉钟雨澜你喜欢他吗？我替你去说！

叶小桐赶紧死死拉住性子冲动的赵一依，不住地摇头再摇头。眼睛看向门外，发现钟雨澜已经离开了。

"可是，如果换作我，如果从此之后再也不能说话，却没有告诉那个男生我喜欢他，那心里得多难过。"赵一依说得很忧伤。

是呀。叶小桐在心里轻轻地说了这两个字。

她又忽然有点儿感动，好像一下子明白了她和赵一依的友情。

[第十五棵法梧桐知道]

叶小桐进手术室的时候，似乎看到钟雨澜出现在走廊的尽头。心里有一种莫名的恐惧让她很后悔没有听赵一依的，万一她从此之后不再醒来或者就这么沉默下去呢？

叶小桐带着这种恐惧，做了一个很长很长的梦。梦里，她不爱说话也不想说话，她甚至不笑。于是，钟雨澜就给她讲了很多的笑话，给她买了很多的芒果冰激凌，她很开心，她吃呀吃呀，吃到喉咙发痛。

叶小桐当然是痛醒的，然后她首先看到了妈妈的微笑："手术很成功，你会好起来的。"

病房里除了她的家人，没有别人了。但是叶小桐发现，窗台上不知道谁放了一支已经融化的芒果味雪糕，有一股甜甜的味道在空气里流动着，像一段静静的音符。

叶小桐可以出院的时候，已经是盛夏了，知了一大早就在声嘶力竭地欢唱着。

叶小桐仍然提前五分钟出门。离第十五棵法桐树还有一段距离，她就看到钟雨澜的身影从铁门里拐了出来，然后叶小桐笑了，她挥了挥手，说："嗨，钟雨澜。"

钟雨澜说："快点儿啦，你怎么那么慢？"

叶小桐小跑过去："我不慢呀，我以前天天都这时候出门，你在等我吗？"

钟雨澜的脸忽然就有点儿粉红了："谁等你呀。你要不要这段时间的课堂笔记呀！"说完也不管她要不要，就把手里的几个本子塞给她了，还有一个MP3（音乐播放器），"我怕你太笨看不懂，所以把老师讲的也录下来了。"

叶小桐悉数接过，然后就迫不及待地和钟雨澜聊起了住院时的糗事，说起了姐姐的婚事，还有Miss王再次恋爱的八卦。

钟雨澜说："叶小桐，你现在话真多，我有点儿怀念以前那个不说话的你了。"

"我要是真的不理你了，你也会着急的吧？"叶小桐很想壮着胆子这样问，但话到了嘴边又变成："我也是呀，哈哈。"

那真是一段沉默不语的好时光啊，有些小忧伤，有些小欢喜，也有些小秘密。

其实很多事情，不用说的。

第十五棵法桐树，它什么都知道，这就足够了。

这时候，钟雨澜心里，也这样想着。

优格女生轻小调

如果你是世界上睫毛最长的忍者神龟
RUGUO NI SHI SHIJIE SHANG JIEMAO ZUICHANG DE RENZHESHENGUI

文◎王晓芳

1

我拿着宣传单在杂乱的道具房里穿梭，跳过长矛却被盾牌挡了，斜放的旗子让我直不起腰，但我还是看到了林佳远。

他穿白色T恤、水磨痕牛仔裤、白色帆布鞋，手里拿着一沓白纸站在舞台上，台下是动漫社所有的成员，他说："还有个角色谁来演？"我抬手挡住窗外直射的阳光，手打在了旗杆上，旗杆倒在了长矛上，长矛躺在盾牌上，瞬间这些道具乒乓落地扭作一团。

所有的眼睛齐刷刷看向我,还没等我开口说对不起,有人指着我说:"那就她吧,我看她挺适合的。"

有人用同情的目光看着我,也有人走过我身边的时候哼哼两声,"别以为穿条白裙子自己就真成了白雪公主。"那个人就是苏雪。

我还没走到舞台前,整个礼堂就剩下我和林佳远。

我在脑子里盘算我应该说"嗨,hello(你好)",还是"你好"时,林佳远拎起身边的绿色毛茸茸的道具向我走来,他的脸还没在我的视线里清晰,手里的大毛球就扔向了我。

丢下一句"这次Cosplay(动漫真人秀)的主题虽然很随意,但你还是要把忍者神龟COS(Cosplay的动词)好"便径直走了出去。

在他的背影还没完全隐没在金光里时,唇齿间的那句"小皮蛋"还是蹦了出来,我分明看到林佳远的脊背顿了一下,但很快消失在我的视线里。

我抱着绿色大乌龟壳站在原地,难道帅哥都该这么酷吗?

2

我拿着饭盒、抱着乌龟壳怒视笑得东倒西歪的寝室姐妹,她们都说:"莫小南,你没事儿吧,大老远的赶来这学校就为了演只破乌龟。"我把桌子敲得叮当响,我说:"这叫忍者神龟,多威武的名字啊,神龟懂不懂?不是你们这些凡夫俗子能理解的。"

我扭头坐回床上,塞了耳机拿本书装优等生。可是我的MP3忘记充电了,所以我听到她们说:"中文系的系花苏雪在追白马王子林佳远呢。"我立马摘下耳机,我说:"鲜花不是都该插在牛粪上的吗?苏雪凑什么热闹追林佳远呀。"

动漫社是A大所有社团中最大、设备也最齐全的社团。而社长便是A大的才子帅哥,林佳远。

进门的时候,奥特曼在和樱桃小丸子握手,超人在和小新划拳,我抱着我的绿皮坐在空地上看他们演经典造型,我捧着小脸踢踢旁边和我一样无聊的男生。我说:"你干吗呀,怎么不去练造型?"

他转过头来看我一眼,说:"那你呢?"

我拖着腮翻白眼,"我不需要练呀,乌龟还能有什么姿势,虽然我演的是一神龟。"说的时候我还不忘挺挺胸希望能长点儿士气,可在字句后还是透了声叹息。

他却笑了,眉宇间的英气散落满室,他说:"反正我也没事,不如陪你吧,我COS海龟好了。"

"你确定要吗?"我指着他手里和我一模一样的绿皮,其实我指的是大乌龟的头。眼前这个站起来高过我一个头的男生,他真的不介意装扮成乌龟吗?

可他却坚定地点点头,然后伸出手说:"大一自动化系三班莫小南,你会是世界上最可爱的神龟。"

我的嘴巴张成了O形,我看着眼前这个笑得像花儿一样灿烂的男生,他的睫毛长而翘,扑闪扑闪地映在金色的阳光里,原来不是所有的帅哥都像林佳远那么酷,至少这个杜卡卡不是,我瞄了眼他胸前的校牌。

我握住他的手,感觉宽厚而温暖,我说:"你也是全世界睫毛最长的海龟。"

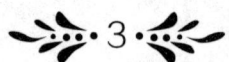

寝室的姐妹说:"莫小南,你一不会跳舞二不会唱歌,连到动漫社都只捡了个乌龟的角色COS,你去新生联谊会干什么呀?"我屏蔽她们恶毒的话,埋在衣橱里左挑右拣,其实我多么想指着舞台上的林佳远说,喏,我就是为他而来的,从开始到现在。

舞台上的他穿白色西装,打漂亮的领结,灯光明灭扫过他光洁的额头。我知道如此这般的男子,在哪里都是王子的形象,只是林佳远,你是否还记得,那一年的莫小南,那一年洛城绚烂的樱花?

人潮汹涌,淹没了眼里滴落的泪。

林佳远略带磁性的声音撒满全场,而我在后台忙作一团。我好不容易把自己扭作一团塞进了绿皮壳里,拉链拉到一半却被卡住了。

我像僵尸一样蹦跶到正在涂脂抹粉的苏雪面前,我说:"能帮我拉下拉链吗?"她莞尔一笑,放下手里的胭脂盒,说:"你不觉得我很忙吗?演个乌龟穿件道具服还要人帮忙,你吃饭要不要人喂啊?"

"我总是个神龟，那也比你演个僵尸好。"我指着她涂得惨白的脸说。

这话恰好被推门而进的林佳远听到，而苏雪立马拉成寡妇脸，小羊羔般委屈地看着林佳远。

他拧眉，说："莫小南，这是后台，不是茶馆、不是闹事的地方。"

"可是……我……"

"够了，若你不乐意演该三天前就通知我。"

我知道这样的情景，被一个翻脸比翻书还快的女生阴了是百口莫辩的。我看着苏雪挑眉胜利的眼神，我的怒气就那么喷涌而出，我三下五除二脱下乌龟壳扔向林佳远，"你以为演个乌龟多了不起，别以为我会求奶奶告爷爷地感谢你的恩赐。"我拍拍手故作轻松，"喏，你现在爱怎么演就怎么演吧。"

说完我大步走出了后台，但我依然听见了林佳远从牙缝间挤出来的那句，"不可理喻。"

4

卡卡找到我的时候我正蹲在天台上画画，他扳过我的脸，顺着脸颊滑下的泪落在他手上，他说："小南，小南，你怎么了，你怎么能哭呢？"

我一听这话，扔了粉笔朝他吼："难道法律规定乌龟不能哭吗？乌龟也是有人权的好不好？"

卡卡愣了半天，拉着我的手任我哭，等我哭累了递来白色的手帕，从头到尾安安静静。

"哭完了我们去练歌房唱歌吧？"

我歪着头问："你觉得我还有力气唱吗？"可是我依然站起来拍拍裤子，扯扯领子，然后拉着他走下楼。我说："去哪里好呢？"我想情场失意，歌场肯定很得意。

走到练歌房门口的时候，我掐着卡卡的手在心里哀哭，全城的K厅这么多家，全城的马路这么多条，可偏偏又见到了他。我刚拖着卡卡转身，苏雪那妖孽的声音就飘了过来："杜学长，你也来唱歌吗？"

我在心里翻白眼，废话，不是唱歌，难道来借厕所啊？

"联谊会结束我们来这儿庆功，不如你也一起加入吧？"

我看天花板，我研究地砖，我剥指甲，我后悔没在杜卡卡身上贴道符，防止他被苏雪的妖言蛊惑去。我喜滋滋地想杜卡卡一定会拒绝。可没等我喜庆完，林佳远走了过来，一脸平静，似乎之前的争吵根本没有发生过。

他说："一起吧？"他说给卡卡听，眼睛却看着我。

我的心突然漏跳了一拍，他终究是林佳远，莫小南心底珍藏最深的林佳远。

昏暗的包厢里，我缩在沙发的角落任他们高亢地唱。直到林佳远摇我的手臂，我的视线才从手上的水果盘移开，我拿掉塞在耳朵里的棉花，扯着嗓子吼："你说什么呀？我听不到啊。"

他便凑到我的耳边说："我说我们合唱一首吧。"他的唇几乎贴上了我的耳朵，气息温热四处流窜，直直灌进我的耳朵、脖子，乃至全身。我像个木偶人一样立定在原地，挪不开步子，丧失了思考能力。

他的双眸闪亮如星辰，饱满的额头盈满光芒。他递麦克风给我，他说："唱这首好吗？"

是苏云版的《明天我要嫁给你了》。悠扬的萨克斯落了满室，他嘴角的那抹笑深深烙进了我心底。

我抓着他的手，泪终于落了下来。林佳远，你一直记得那个年少的誓言，是吗？

5

一个星期没有见到杜卡卡。手机上二十一个未接电话，三十四条短信，都是叫我起床，催我上课，提醒我吃饭，而我统统视而不见。

我不知道这算不算重色轻友，更不知该不该对卡卡解释，解释我与林佳远的这场相遇并非偶然。他在我心底住了十五年，在青梅竹马的年纪我们曾一起爬过围墙，只为了买棉花糖吃；在樱花树下合唱《明天我要嫁给你了》，拿荷叶起誓；在我把洗脸水泼得他满身湿透后他揪着我的辫子叫我"小皮蛋"；日记本里永远只有三个字——林佳远。

而今，他就坐在我身侧。用温软的语气叫我小皮蛋，替我剥虾壳。我嘟着嘴问："为何前几次都装作不认识？还让我演个遭人笑话的乌龟？"

他笑开了，揉了揉我的发丝，说："因为我要确定你是否还是我一个人的小皮蛋，因为后来你的身边有了杜卡卡，因为……"

我截住他的话，说得慌乱急切、说得一脸绯红，我说："卡卡是哥们儿啊，你才是王子。"

可是说到杜卡卡的时候，为什么我的心像裂了一道口子一样疼呢？

林佳远在我的额前印上一吻，他说："晚安，小南。"

我转身把步子踩得踢踏响，踩出岁月的印记，踩出欢乐的歌曲，踩出那年的天真与无邪。

"小乌龟也有春天了。"是杜卡卡的声音，我回头看见他站在宿舍楼的过道里。

我脑袋开始以光速运转，却依然找不出理由搪塞为什么不回他的短信和电话。我在杜卡卡面前把双脚交叉着扭来扭去，他在我后脑勺上拍了一记："笨蛋，再扭着走路要成外八字了。"

我扭完脚开始扭手，我开始怀疑自己是不是有自虐倾向，我说："你来这儿不会只是为了看我练瑜珈吧？"

"下个月举行学校一年一度的公演你知道吗？"

我点头。

"压轴的话剧剧本是我的，所以主角都由我来挑，我想让你演女一号。"

我先是惊后是傻，指着自己的鼻子问："我吗？"然后又很警惕地问，"什么角色？别又是什么大蘑菇或者精神病患者，我可没那么大的能耐和潜力演这些。"

杜卡卡看着我脸上瞬息万变的表情，终于笑弯了腰，他拍着我的肩："你就跟我亲妹子似的，傻丫头，我能骗你吗？"

我看着卡卡离开的背影，那句"你就跟我亲妹子似的"的话还在耳边萦绕，心里忽地一阵难受。

❦ 6 ❧

我跟苏雪的梁子结大是在那次讨论剧本的会议上。

杜卡卡刚宣布完由我担当女一号，苏雪便径直走上了台对着所有人说："我觉得莫小南不适合这个角色,一个连COS乌龟都临时退缩的人怎么能担当此重任?"她满眼满嘴全是鄙夷,台下一阵嘘声。

我的脸瞬间煞白,我站起身,带翻了桌子踢倒了椅子,我用凌波微步站在了苏雪面前,指着她的鼻子说:"苏雪,别以为你穿了件马甲我就不认得你,我怎样轮不到你来指手画脚。"

苏雪说话的语气却越来越像圣女贞德,就差声泪俱下,她说:"你们瞧,这样的素质能来演女一号吗?我也是为我们学校的声誉着想……"

"我当然不能和您比,你那是本色演出。"

那场混战在林佳远把我拉扯下台,杜卡卡宣布散会后终止。

当我缠着林佳远愤愤地说苏雪小人时,林佳远终于怒了,他说:"小南,你可不可以不要这么野蛮、这么不讲道理?"

我愣了,我想是那天的太阳太过刺眼,才让我如此狼狈不堪地掩面逃离。是他再也受不了我的无理取闹。

我拉黑了脸,嘴巴翘得可以挂个小吊瓶,杜卡卡书桌上的那只孔雀装饰品上的毛被我一根根拔掉,我把它当成了苏雪的头,我说一句"苏雪是个妖孽",便拔下一根毛。

杜卡卡捂着嘴笑,说:"等你拔完毛,估计苏雪都打了十万个喷嚏了。"

我越说越气愤,突然揪着杜卡卡的衣领问:"你说为什么啊?为什么林佳远胳膊肘往外拐呀?"

可我没想到,这一问真的得来了答案。是我承受不起的答案,那句话是杜卡卡从牙缝里挤出来的,"小南,其实苏雪是林佳远的前女友,只是苏雪后来一直不死心而已。这件事只有社团内部的几个人知道,所以外界一直盛传苏雪在追林佳远……"

我直接跌坐在了椅子上。

7

我抱着一大罐百威和杜卡卡肩并肩坐在马路旁,我说:"今天的星光真好,今天的天气真好。"卡卡流着满头汗,他看了眼暗淡无光的夜空,踢踢我说:"丫头，要哭你就哭吧。"

我"哇"的一声就扑到卡卡肩上。

我闻到卡卡发间的清香，我的心神突然就安静了。夏日的燥热都变成了煦煦的暖，星光一点点地冒出来。

我说："卡卡，为什么你对我这么好？为什么每一次我伤心的时候在我身边的都是你？"

那一晚我枕在杜卡卡的肩上睡着了，睡得那么沉，睡得星光都亮了。

醒来的一瞬间，我突然有了个决定。

我去动漫社找林佳远，不在。转身离开时听到后台有人说话，是苏雪的声音："林佳远，如果你不爱我，为什么要去接近莫小南，在会议上阻止她和我抢女一号……"

我的心像被猛烈撞击，撕裂般地疼，我踢开后台的门，把手里的剧本扔给林佳远，"我们扯平了，谢谢你对我的好，从开始到现在。"

林佳远拉我的手说："你听我解释……"

"你觉得我的耳朵有问题还是我的心智有问题？"我甩开他的手，径直走了出去。

公演很成功。我咬着狗尾巴草躺在操场上，阳光直直射进我的眼里，我不避不闪。我想我是个坚强的姑娘。

我转头看杜卡卡，问道："然后呢？"

"然后，春暖花开。"杜卡卡眯着眼，把头转向了一边。

我起身拍掉裤子上的泥土，我说："对不起，卡卡。"

那场闹剧后来惊动了校方，杜卡卡依然坚持让我演女一号，他拉着我的手当着所有人面说："这个剧本就是为小南量身定做，别人演不来。"我知道，这里面杜卡卡承受了多少压力。可我主意已定，我对他说："对不起，卡卡。我不愿意演。"

杜卡卡追出来朝我吼："莫小南，为什么你宁可这样自己受伤，委屈，流泪……"

我转头朝他笑："因为我是莫小南啊。"

8

杜卡卡不会知道，我如此坚定不演女一号是因为那天晚上林佳远找过我。

他在宿舍楼前等我，他说："小南，其实我这样做并不是喜欢苏雪，而是终觉得对不起她，只是想补偿她。"

可是，林佳远，你可知道，我在乎的不是这个角色，而是在你心里，苏雪永远排在第一位。那么，这个剧本让给她，从此你不再欠她，我亦不再欠你。

我与你，或许终究只能成为陌路。

莫小南来A大，是因为林佳远。因为林佳远，莫小南遇上杜卡卡。而杜卡卡是谁？

杜卡卡是那个在我哭泣、在我委屈、在我需要发泄时随时出现在我身边的人，杜可可有好看的眉毛，有会发光的眼睛，有温热的唇，有宽厚的手掌，还有永远爱莫小南的那颗心。

他说："莫小南，你连演神龟都比别人好看。"

我捏着他的鼻子，我说："杜卡卡，你说情话都比别人甜蜜。"

他扬起手里的勺子，说："因为我刚吃了蜜糖。"

后来，我也会时常遇见林佳远。

只是，他的身边有眼神高傲的苏雪，而我的手里也有杜卡卡温厚的手掌。

我想这样的结局很好。这样我们都可以很平和地去面对那些过往。

那些，我们青葱年少的岁月里被艳阳晒白了的记忆。

然后，有一天春暖花开。

落寒/初忆

明知道前面是火坑,我也愿跳,为了心爱的人。从此,我懂了,飞蛾为什么愿意扑火,因为它心里有一盏灯。那灯,对我而言,就是爱。

梅花·风铃·剑

MEIHUA·FENGLING·JIAN 文◎因可觅

（1）

风铃很小的时候，就开始做一个梦。她梦见在院子里的那棵梅花树下，有一个男孩儿。她走过去，他就冲她微笑起来，然后两个人玩得很开心。

的确，凌宅的院子里有一棵梅花树。但是那个男孩儿是风铃从来没有见过的。

于是她就去问她父亲："胡子，胡子，我为什么总做这个梦呀？"

风铃的父亲名叫凌胡子，从小他就教女儿管他叫胡子。他是一名剑客，在风铃的眼里，仿佛是无所不能的。

凌胡子摸摸她的头："因为你经常在梅花树下玩，所以才会做这个梦。"

风铃对这个答案很不满意，嘟起了嘴，不过下一秒，凌胡子就说："我明天要出门了。"

嗯，凌胡子不但是名剑客，而且很有名。每年，总有许多人向他下战书，把打败他看作一种荣耀。出于一名剑客的骄傲，他不能拒绝那些挑战。但是，他从来不在自己家里同人决斗。他们总是约一个浪漫的地点，比如密林中，比如瀑布下。喝一口酒，然后开始生死相搏。所以，风铃从来没有看过凌胡子是怎么打架的。

她所知道的，只是凌胡子每隔一段时间出门，回来的时候会带回大大小小的礼物。当然，有时候凌胡子也会受伤，但他总是轻描淡写。所以凌胡子每次出门，风铃心里总是装着满满的期待,猜测凌胡子又会带回什么礼物。

在她七岁那年,有一回,凌胡子回来的时候背着一个大包袱。风铃雀跃地扑上去:"胡子,胡子,包袱里是什么?"

"傻丫头,你猜猜。"

"是衣服?是琴?是胡子打的大狗熊?"

风铃猜了一长串,凌胡子却都笑着摇头。最后他打开包袱,把风铃吓了一大跳。

包袱里是一个人。

那是一个和风铃差不多大的孩子,他紧闭双眼,面色发青,似乎奄奄一息。风铃看了看这男孩儿,又看了看凌胡子,眼里冒出许多问号。

凌胡子打了一下她的头,宣布:"从今天开始不准出去乱疯,给我待在家里好好照顾这孩子。把他的伤先养好了再说。"

风铃说:"是谁把他打伤的?"

凌胡子说:"是我。"

"你为什么先把他打伤又要把他治好呢?"

"这里面有个很长的故事。"

反正从那天开始,风铃就肩负重任。早上,她要早早地出门,到附近去采草药。回来之后,用大锅把药熬了,给那个男孩儿灌下去。除此之外,还要给他敷上外用的伤药。这些事情风铃做起来驾轻就熟,因为她经常这样照料凌胡子。不同的只是,以往是凌胡子被人打伤,而这孩子断掉的肋骨上还留着凌胡子的掌印。

三天后,这孩子醒了。

他的眸子是非常纯粹的黑色,清澈而深。不过却冷得不像个孩子。风铃下意识地有点儿畏缩,不过她马上就笑嘻嘻地问:"你醒啦,你叫什么名字?"

男孩儿不理她,望着天花板想心事。风铃想了想,伸手捅了捅他的肋骨。果然,他像被踩着尾巴的猫一样叫了起来:"好疼!"

风铃得意地笑起来:"知道我的厉害了吧?"

"我叫顾飞,谢谢你救了我。"

"救你的人可不是我。"

"那是谁?"

这时候凌胡子走进来了。男孩儿的脸色一下子变了:"凌胡子,我一定会杀了你的!"

风铃从没有听过这样恶毒的声音。她赶紧说:"喂,你别这样。凌胡子要是干了什么坏事,我替你打他好不好?你的伤还没好,不能生气的。"

顾飞并不理她。而凌胡子只是笑着,有点儿无奈又很憨厚地笑着。那表情就和看到风铃偷吃了鸡腿一个样。然后他解下腰间的剑,塞进顾飞的手里,说:"你可以刺我三剑,我不躲闪,也不还手。"

凌胡子用的剑又大又长。顾飞站着还没有它高。更何况他现在连站都站不稳呢。他吃力地挂着剑,挺起身子,目不转睛地看着凌胡子。过了好半天,突然松手。长剑"当啷"一声跌倒在地。

他说:"我知道就算是这样还是杀不了你。不过你等着,总有一天我会回来的。"

说完他一瘸一拐地离开了。

风铃本想拉住他,可是他的那种眼神让她不敢去碰。等他走了以后,风铃气急败坏地去揪凌胡子的胡子:"胡子,胡子,你怎么欺负这孩子啦?"

"我杀了他父亲。"

风铃睁大了眼睛。于是凌胡子开始讲这个故事。

凌胡子和顾飞的父亲顾桓宇是好朋友,从穿开裆裤起就在一起疯,在梅花树下结拜。后来一起学武功,一起闯江湖。再后来的事情就很俗套了。他们一起喜欢上了一个女孩子。

"你娘答应我的求婚的那一天,顾桓宇就和我绝交了。他很快也成亲了,不久生下顾飞这个孩子。当然,这一切都是我从别人那里打听到的。后来,你娘生你的时候难产死了,我萎靡了好一段日子。直到有一天,收到顾桓宇的战书。

"那战书冷冰冰的,就跟陌生人一样。不过他约的时间是三年以后。顾桓宇是我唯一的对手,我可不能输给他呀。于是我振奋精神勤学苦练。这三年中,他悄悄地来看过你好几次,可是每次我一发现,他就不好意思地逃走啦。我总觉得,他其实并没那么恨我。所以我打算在决斗的那天和他好好谈谈,化解我们之间的芥蒂。

"那天我去了相约的湖边。可是没想到,他一看见我脸色就变了。在他言辞相逼中我只好出手。他每一招都是要取我性命,最后我不得已……"

凌胡子的声音越来越低,像是难以负载这段往事。"这次,我和人决斗时顾飞这孩子在一旁偷窥,我以为是有人暗地里埋伏,仓促出手,没想到误伤了他。"

风铃听得鼻子发酸,却又哭不出来。

风铃一直没有忘记七岁时奄奄一息的那个孩子。她知道他还会出现的。她想了好多话来劝说他,却总觉得无从说起。

凌胡子有许多朋友,但只有偶尔的一两个会带回家来。他们在月光下喝酒谈天,天还未亮朋友就乘风而去。

有一回,凌胡子带回一位老爷爷。那位老爷爷的胡子可比凌胡子的长多了。他说起话来,两道又粗又长的白胡子就在两边飘飞,像一对白翅膀,可好玩儿了。据说,这是一位精通奇门巧技的大师。没有什么神奇的东西是他没见过的,没有什么难题是他解不开的。

他也是少见的酒量比凌胡子还要好的人之一。凌胡子喝醉了,他却还没有醉。风铃问他:"白胡子爷爷,你真的什么难题都能解决吗?"

"当然,当然。"

"那你能化解人心中的仇恨吗?"

"这个,这个……"

"就会吹牛!"风铃用手指刮着脸羞他。

白胡子老人涨红了脸。"谁说的?"他气恼地把自己的胡子扯了又扯,过了一会儿,突然说:"在遥远的西方,有一棵神奇的树。它会结两种果子。一种名叫'追忆',一种名叫'笑忘'。追忆可以把人的记忆储存起来,还能传递给其他人。而笑忘呢,当然就是让人忘记过去的事情啦。"

风铃托着下巴:"那你见过这两种果子吗?"

"当然!多年前我把追忆给了人,笑忘还留着呢。吃了它当然就能忘记仇恨了。哈哈,我真是太聪明了!"

"白胡子爷爷,把笑忘给我,好不好?"

白胡子老人把头摇得像拨浪鼓一样:"不行,不行。"

"我想起我们家还藏着一坛五十年的竹叶青哦。"

白胡子老人立即两眼放光,为难地搓着手:"你看,你看……"

"你不想喝,那就算了。"

"好!你拿竹叶青来,笑忘就给你!"

(4)

风铃再一次见到顾飞,是在十五岁那年。

凌胡子收到一封战书之后就开始遮遮掩掩,风铃趁他不注意时一翻,顾飞的名字赫然在末尾。

凌胡子出门之后,她也悄悄尾随而去。她在通往那个湖畔的必经之路上等待着,虽然她不确定是不是能等到她想等的人。可是她还是在寒风中等了整整一夜。天快亮的时候,那个少年出现了。

他已经不是当年那个不及长剑高的少年。他已经像长成的小树,发出青春的气息。风铃跳到路的中间把他拦住:"喂,不准过!"

她在晨曦中像是一道剪影,声音回荡在空气中,清脆而缥缈。顾飞吓了一跳,然后皱起了眉,冷冷地说:"让开。"

他显然也认出她来了。风铃忽然觉得很欣慰。她笑嘻嘻地说:"好久不见啦,你过得好吗?"

顾飞还是冷冰冰的:"这和你无关。"

"怎么和我无关了。那个时候我给你端茶送水,熬汤换药,照料得无微不至。你却一下子跑掉了,多让人伤心呀。"

顾飞的神情变换了几次,最后低声说:"我知道你是凌胡子的女儿,但我不会迁怒于你的。谢谢你了。"

风铃说:"你不要去找凌胡子报仇了,行吗?"

"这不可能!"

风铃望向远处:"凌胡子和你父亲本来也是好朋友呀,他们没有谁对不起谁。

胡子一直在懊悔那天的失手。我不求你原谅他，可是我不想看到你们两个任何一个受伤，你能不能不去找他？"

"可是他杀了我父亲，这是事实！"顾飞低声吼道，"让开！"

风铃执拗地站在他前面，不肯离开。小路很窄，顾飞伸手推她。他手上是加了力的。他本以为风铃是凌胡子的女儿，武艺至少也算不错。谁知这女孩儿原来是朵弱不禁风的花，一下都躲闪不开。

风铃摔倒在地，"哇"的一声哭了出来。

顾飞突然手足无措，他最怕女孩儿哭了。可是风铃的眼泪却好像开了闸的洪水，越哭越伤心。他心里挣扎了好久，最后终于还是蹲下身，拍拍她的背，说："你别哭了，成不？"

风铃抽泣着，渐渐止住哭声。她抬起头："我饿了。"

是呀，为了等他，她拼命赶路，一天一夜没有吃东西。顾飞挠了挠头："你想吃什么？"

"包子。"

于是顾飞只好带着她，找了个路边的小食摊儿。一大早，刚刚出炉的包子热气腾腾，驱散了夜露带来的寒意。蒸汽腾起温暖的雾，包围了他们。

风铃这时候顾不上什么淑女形象了，只是大口大口地吃着包子。顾飞却不吃，看着她出了会儿神。他说："凌胡子是故意的。"

风铃停下咬包子的动作。

"刚开始时，确实是我爹爹看不开。"顾飞慢慢地说，"可是后来，他一点儿也不恨凌胡子了。你母亲去世之后，他怕凌胡子消沉不起，特意下了那封战书，好促使他不要荒废武功。这一招果然有用。就这样过了三年，到了就要决斗的日子。他给凌胡子去了一封信，讲清楚了来龙去脉。那天早上，他是带着微笑去的，他以为，是去同他最好的朋友冰释前嫌，和好如初。可是，他却再也没有回来。凌胡子不但没有感激他的苦心，反而恼羞成怒地杀了他。所以我永远不会原谅凌胡子。"

风铃沉默了。真相究竟如何她也并不清楚。她只是说："你知道吗，我从小就常做一个梦。梦中有一个男孩儿。我第一次看见你的时候就吃惊得不得了，因为你和梦中那人长得一模一样。所以，我绝不愿意你和凌胡子生死相拼。可是我知道，"她笑了笑，"现在说这些也没用了。"

蒸笼里还有最后一个包子。风铃突然很不好意思，她说："包子都让我一个人吃完了……最后一个还是你吃吧。"

"我不饿。"

"吃了才有力气和凌胡子打架！"

顾飞笑了。他点点头，把最后一个包子吃了。

然后他不省人事地倒下了。

（5）

凌胡子出现了。他对风铃怒目而视："你给他吃了什么东西？"

"白胡子爷爷给的笑忘果，他醒来之后会忘了过去的事情，就不会记得和胡子有仇啦。"

凌胡子长叹一声："唉，傻孩子，遗忘并不是消灭仇恨的好方法。"

过了一会儿，顾飞醒过来了。他的眼神迷迷糊糊，在看到凌胡子之后也没有怒发冲冠。风铃满心欢喜地说："顾飞，你醒啦。"

"你是谁？"

"我是风铃呀。"

"风铃又是谁？"顾飞很困惑的样子，"我为什么在这儿呢？"

风铃急了："你真的什么也想不起来了吗？"

"还有一个最重要的问题。"顾飞绞尽脑汁地说，"我到底是谁呢？"

风铃"哇"的一声哭了出来。这回是真的忍也忍不住。

没有办法，他们只好把顾飞带回了家。凌胡子郑重地对风铃说："这个弥天大错是你犯下的，我怎么惩罚你也没用，只有你自己来承担。从今往后，不管发生什么，你都得好好照顾顾飞。记住了吗？"

风铃点了点头。

从这天起，顾飞就成了他们家的一员。他忘记了所有的事情，变成一个懵懂的孩子。他常常在院子里一发呆就是大半天，也不知在想什么。风铃每天都要教他很多东西。她小心翼翼地给他讲一些过去的事，希望他能想起些什么。可惜，她对他其实一点儿也不了解。顾飞总是很认真地听着,像个努力学习的孩子。有时,风铃也会告诉他一些自己的幻想。比如,星星为什么会发光。

"因为萤火虫修炼成仙之后都飞到天上去啦。"

顾飞很乖地点头说:"我记住了。"她又赶紧摇手,咯咯笑着:"算啦,你别听我胡说八道。"把顾飞弄得茫然无措。

其实,风铃觉得这样的日子也很好,让人快乐。可是,她的内心毕竟是那样懊悔。顾飞忘了所有的事情,不再是个完整的人。现在她才明白,自己真的错了。即使他只是忘却了同凌胡子的仇恨,那他也不是原来的他了。而风铃喜欢的,其实是那个个性倔强,会同她吵架的孩子呀。

好在,过了不久,事情出现了转机。

那天,凌胡子回来,大着嗓门叫道:"风铃,你看我把谁找来了。"

风铃一见来人就扑上去揪他的胡子,气恼得不行:"白胡子爷爷,你骗我!"

白胡子躲闪着:"不骗你竹叶青可就到不了手啦!"

"那你现在能治好他吗?"

"要让服下笑忘的人恢复记忆,只有用追忆。"

"可是你多年前就把追忆给人啦。"风铃懊恼地扯着自己的头发,"已经找不回来了吧。"

白胡子突然抽了抽鼻子,又皱了皱眉:"你知道不,我有一只狗鼻子。"

"啊?"

"我记得追忆果的特殊气味,而且我发现,它就在这个院子里。"

真的?满腹狐疑的风铃和凌胡子跟着白胡子老人。他果然像只狗一样一寸一寸地嗅过去。最后停在了院子里的梅花树下。"就在这儿,挖吧。"

凌胡子拿着铲子半信半疑地挖,过了一会儿,一枚青色的果实露出来。可是,还不等他们说什么,眼前突然出现了一幅奇景。

像是一阵大雾掠过,整个视野里都变得白茫茫的。在这片白色之中浮现出一个人影。那是个长得和顾飞很像的孩子。风铃叫道:"这就是我常常梦见的人!"

而凌胡子失声道:"顾桓宇!"

空灵的声音传入他们耳中。雾中人笑着慢慢说道:"凌胡子,你还记得吗?我们曾经在这梅树下许下的誓言。不论这树梅花又开又谢多少季，多少年，我们的友情永远不会变。"

从雾气的深处走来另一个孩子，那是少年时代的凌胡子。他们笑闹着，在梅树下你追我打。花瓣随风飘落，构成一个单纯、鲜活而无比欢乐的画面。

过了一会儿，雾气渐渐散去，这画面也淡薄成了一阵风，轻轻逝去。

大家却都沉浸其中，久久没有人说话。许久，凌胡子才长叹一声："我明白啦。当年顾桓宇想要和解，却放不下面子。于是这个笨蛋就把追忆果埋在我们结拜的梅树下。他想告诉我，我们的友情永远如初。可是，自从他向我下了战书之后，我就心有隔阂。这些年，从未走到梅树之下。也就从来不明白他的心意。"

"可是，你们决斗之前就没有把话说清楚吗？"风铃问。

凌胡子跺脚："那个呆子一定是以为我看到了这一切却假装不知，所以当时愈加怒气冲天。最后……"

突然，一直在旁边看着的顾飞"哇"的一声哭了出来。

风铃急忙跑过去，问道："顾飞顾飞，你怎么了？"

他不理她，自顾自哭得伤心欲绝。

过了许久，风铃终于明白了。她轻轻地问："你根本没失去记忆，对吗？"

凌胡子微笑了。

他一开始就知道啊，这孩子根本没有失忆。风铃那傻姑娘往包子里做手脚，谁会看不出来呢？顾飞只是假装上当，好得到接近自己的机会。因为他知道，这才是复仇的捷径。

可是凌胡子没有说破他，仍旧把他留在了身边。只想让他知道，不管他是怎么想的，其实他们之间，并不存在仇恨。

顾飞哭了很久很久，最后终于停下了。他看了看风铃，又看了看凌胡子。他说："风铃，谢谢你。谢谢你们。"

一句抵过千言万语。阴影终于消散。

风铃笑起来，开心得要命。是啊，遗忘并不是真正能化解仇恨的途径，只有宽恕才是。

洗心菜鸟升职记

文◎旖旎心情

1

谁都渴望拥有一份合乎理想的职业，比如，做一名和蔼可亲的老师，做一名严谨敬业的医生……相比于这些很大众化的理想，我的理想就显得高大神奇：我希望做一名超级"洗心人"。

洗心是一个特殊的职业，专业清洗各式的心灵，超级洗心人，可以在彻底清洗心灵的同时，让心灵保持本色，绝不会把一颗红彤彤的心，洗成白乎乎的颜色，更不会把一颗平整的心，清洗得皱皱巴巴的。通俗一点儿说，就像洗衣服一样，既除去了衣服上的污垢，又能保持衣服的原形和平整，做到不缩水、不变形。

很惭愧，我做不到这点，我只是个菜鸟级别的洗心人，我不能准确判断心灵的污浊程度，也不能把握最精确的清洗药剂用量，所以我只能像个傀儡一样，处处听师父安排。比如他说，这个病人，药剂与水的比例是一比一百，我就小心翼翼地拿起小针管，吸一毫升的药剂，注入一百毫升的专用洗心水中，摇晃均匀，然后递给师父，眼巴巴地看着他，把一颗肮脏的心灵，在药水里洗涤干净。有几次，我央求师父给我一次清洗的机会，他瞪我一眼："忘记你出的医疗事故了？"

优格女生轻小调

2

那是我第一次清洗心灵,也是我唯一一次清洗心灵。

一个满面狂妄的男生,坐在我对面,喋喋不休地吹嘘他的盖世奇才,他说他游泳赛过菲尔普斯,跨栏超过刘翔,跳水胜过郭晶晶……他的父母被他说哭了,他的母亲给师父跪下,求师父洗去他的狂妄自大。师父用听诊器听听他的心灵,脸色很平静,告诉他的父母:"这个心灵很容易清洗,只需要千分之一的药水配置比例就可以了。还有,我的学生可以完成这次清洗。"男生的父母用怀疑的眼光打量我。

我深吸一口气,给了他们一个自信的微笑。男生不屑地看看我,鄙夷地撇撇嘴:"这样一个黄毛丫头,会做什么?要是在我们学校,她给我拎包都不配,跟在我后边的那些女生,随便扯一个出来,都比她优秀一千倍。"

我的手颤抖起来:这样的狂妄,千分之一的剂量哪里够?趁师父不注意,我把剂量调到了千分之三。

那个男生醒过来,见到我,脸红得像天边的彩霞,不停地说着"谢谢谢谢,你太棒了"。他的父母扶起他,他开始不停地鞠躬,一把鼻涕一把泪地说着感谢父母的话,什么母亲怀胎十月多么不容易,什么含辛茹苦把他养大多么艰辛,什么不懂得感恩父母多么十恶不赦……开始他父母还激动得热泪盈眶,但是随着他对自己罪恶的深入剖析,他父母的脸色越来越难看:清洗掉狂妄的儿子,怎么变得如此絮叨、软弱、自卑?男生越剖析自己越激动,最后,他顿足捶胸地大喊道:"我这么不懂事,活在世上还有什么意义?我简直就是一个浪费父母血汗的废物,我死了吧!"说完,男生朝玻璃窗子冲去……当然,我们拦住了他。

师父知道我擅自调整了剂量,使得男生从狂妄变成极度自卑,只好把清洗下来的狂妄,再粘贴一些上去。做这个修补工作,给师父造成了很大的精神损失和物质损失。赔着笑脸送走男生一家,师父恶狠狠地说:"以后,没有我的允许,你休想独自清洗一颗心灵,哪怕是最简单的清洗工作!"

3

只有天知道,我是多么想成为一名优秀的洗心师,所以,我才能忍耐师父这个

凶巴巴的老男人，对我呼来唤去，处处责难。比如说现在，他又开始了唐僧一样的唠叨："试管要垂直放，这样才能保持干燥；上次清洗的污垢没有及时放入排污桶，这有可能给患者造成交叉感染；你的听诊器又乱放了，拿混了不是玩的，你这只菜鸟是没有资格使用我的听诊器的……"

师父向唐僧学习时，我正用最小号的毛刷，清洗最小号的试管：真是麻烦，这样的小试管最难清洗，不知道为什么有人长这么小的心。师父说，这样的心被一层"隔膜"和一层"猜疑"覆盖，所以永远小小的，不能长大，要想长大，必须用洗心硫酸清洗，剧烈的疼痛之后，才会露出心的本色，这样，它才能慢慢长大。我将小试管对着阳光，寻找有可能遗留的一丝污浊，同时也对师父的唠叨发出无声抗议：我都这么认真了，你还絮叨什么？

可是，师父还是絮叨："听诊器，听诊器，拿好你的听诊器，不要错用我的听诊器！"我放下小试管，恨恨地想：取出你的心，用这个小试管清洗一下，肯定再合适不过。听诊器，听诊器，不要以为我不知道，你那个听诊器，和我们的都不一样，不要以为你水平多么高，不就靠那个神奇听诊器吗？没有了那个听诊器，你哪里还听得出心灵的问题，哪里还做得成超级洗心师？

洗心界流传着一个说法：师父之所以是超级洗心师，是因为他的听诊器有特异功能，他的听诊器能准确诊断每一个前来洗心人的问题，所以，师父才能成为洗心界的神话。

如果我拥有了这个听诊器，凭借我多年的苦学苦练，师父哪里是我的对手？

想到这里的时候，我吓了一跳：我怎么和师父成了对头呢？

黎小罗来到工作室时，师父去山上采集洗心的药材了。我看到黎小罗，忍不住笑出声来，大热的天，他居然穿了一件黑色的斗篷，还像超人一样戴了一只镂空的面罩，露出棱角分明的嘴巴和深邃漆黑的眼睛。

"我要洗心！"他的手重重地拍在工作台上，发出沉闷的响声。我拿出表格递给他："先填申请表，等我师父回来给你诊断，完了对症下药。"

"我叫黎小罗，职业神仙，我不需要你师父洗心，我要你洗心，剂量大点儿没关系，或者说，越过量，效果越好！"

"嗨，我师父这么大牌的洗心师，都不敢说自己是神仙，你就吹牛吧！"我把表格摔在他面前，"这是全城最有名的洗心店，店大欺客懂不懂？乖乖地填表，预约，排队……""店大欺客？哼，客大更欺店，得罪了神仙，你的洗心店准备关门大吉吧。"他边说边拉起我的手，狠狠地摁在胸前，"你能感受到我的心跳，我就按你说的做：填表，预约，排队。"我没有感受到一丝心跳，他真的不是凡人！

"你搞什么？没有心，洗什么心？纯粹捣乱，赶紧的，给我出去！"管你是仙是妖，来全城最牛的洗心店捣乱，格杀勿论。神仙黎小罗朝我轻轻吹了口气，我的嘴巴就干干地张着，再也发不出声音来。

"声音小点儿，语气温柔点儿，你就会说话了。"神仙得意扬扬地说。我无奈地尝试了一下，果然，我听到了自己说话的声音："黎小罗，你没有心，怎么洗啊？"

"没有心跳，不是没有心灵啊，我心不跳了，灵还在啊。我要你帮我洗灵。"

我按照师父传授的方法，在黎小罗的胸前掏啊掏啊，真的掏出了一块黑色的东西，像煤渣一样，脏兮兮的，皱巴巴的，有气无力地翕动着。

"法力无边的神仙，你为什么要洗心？神仙的心灵也有污点吗？"抓住了他的心灵，我变得肆无忌惮起来，哼，黎小罗，你要是敢惹我，我就毁掉你的灵。

"我需要洗心的水，天下最污浊的洗过心的水。"神仙黎小罗气喘吁吁地说，没有心灵，神仙也神气不起来了。

我仰天大笑："你的意思是，你拥有一颗最能藏污纳垢的心，哦不，是灵？"

黎小罗咬着下嘴唇，愤怒地盯着我，但是没办法，他的心灵在我手里，他只好点点头。

"那你为什么非要找我这只菜鸟做呢？我师父洗心的手艺才叫天下第一呢。"

"你的师父绝对不会把清洗下来的污垢给我，他会销毁这些东西，而你，一定同意给我。"黎小罗说。我奇怪地望着黎小罗，你凭什么胡乱揣测我的内心？

"我是神仙，你送给我清洗下来的污垢，我用你师父的听诊器来交换。"黎小罗一句话就说到我心底，那只听诊器，是我梦寐以求的东西。可是，我必须知道他要那些污垢做什么。

6

黎小罗讲了一个故事，一个让我目瞪口呆的故事。神仙黎小罗，喜欢上了一个凡间的女生，那个女生，有着举世无双的靓丽，天下第一的善良。黎小罗来到人间，用法力给女生变房子，变车子，变各种好看的黄金钻石，可是，女生都不喜欢，她只喜欢一个平凡的傻小子。黎小罗被嫉妒冲昏了头脑，他用法力夺走了女生的青春，却给了她无尽的生命。女生每天早晨醒来第一件事，就是看到一条皱纹爬上脸部，进而蔓延到脖子、双手、全身的每一处。想想吧，每天早晨增加一条皱纹，这是多么可怕的事情。一个美女，看着自己迅速地衰老，几天工夫就变得鸡皮鹤发，女生痛苦得不能自己，她想到了死，却怎样都死不掉，因为黎小罗给了她无尽的生命。

黎小罗耐心地等待。没有了青春的美女，变成瘪嘴老太婆的美女，很快就会失掉爱情的，这样，自己再施法力把女生变回去，她一定会感激自己，到时候就可以得到她的欢心了。但是，令黎小罗这个神仙都想自杀的是，那个傻小子，居然始终不渝地喜欢这个快速变老的女生。所以，黎小罗想到了这个办法，洗去心灵的污浊，然后把装满了污浊的洗心水，给傻小子灌下去，这样，傻小子就会变得无情无义，就会离开那个女生。

我忍不住摸摸自己的脸，幸好它还光滑如新剥的水煮蛋，幸好我不是那个令黎小罗心动的女生。

"好吧，黎小罗，看在听诊器的面子上，我就帮你洗灵，不过你要帮我保密。"我同意了黎小罗的洗灵要求。

7

配置药水时，我的手有一些颤抖：量不足，等于没洗，一切还得重新来过，昂贵的药水就被白白浪费，如果过量……我长吸了一口气，想起那个因为用药过量要跳楼的男生。神仙黎小罗倒是很信任我的样子,眼巴巴地等着我清洗他的心,不,是灵。

应该没错的。我鼓励自己,把黎小罗脏兮兮、皱巴巴的小心灵放进试管里,用小刷子慢慢地刷洗起来。真脏,真脏,真脏……我说了无数个真脏,黎小罗不开心了:"不脏洗它干吗?唐三藏,别絮叨了,赶紧干活儿。"

我几乎要发飙:"给神仙洗心就是不好,要是凡人,一开始洗心患者就昏睡了,哪里还会反抗。还敢骂我是唐三藏,喊,真正的唐三藏是我师父,才不是我呢。"

终于清洗完了,我恶狠狠地把它放回黎小罗身体内,端起那杯洗过心的脏水:"给你吧,不要忘记把师父的听诊器给我哦。"

神仙黎小罗的面色居然柔和起来,他不知所措地端着我递给他的脏水:"我为什么要喂他喝脏水呢?这样做太无耻了,不,我不可以为了自己,伤害两个人。"然后,黎小罗果断地把那杯污水倒进了污物处理桶。

我恍然大悟:洗过心的黎小罗,变得善良无比,怎么会去做伤害别人的事情呢?真是人算不如天算,神仙算也不如天算,处心积虑的坏神仙黎小罗,也被自己算计了。可是,我想要的听诊器,他还会帮我得到吗?

8

"他当然不会帮你了。"师父站在门口,面色平静如水,看不出是喜是怒。

"你成功的第一个案例,居然是为一个神仙洗心,我真的很佩服你。"师父慢悠悠地说。我指着黎小罗说:"不是的,不是的,他用法力逼我的。"

师父叹了口气:"你这个孩子啊,总是这样,做错事情承认就好了,为什么非要赖到别人身上呢?你不就是想要师父的听诊器吗?好吧,给你。"师父把听诊器递到我面前。我迟疑地接过听诊器,不知道师父想做什么。

"先听听师父的心吧。"师父坐在我面前,把听诊器的接触面放在胸前,我刚把听诊器架在耳朵上,就觉得浑身无力,心跳也随着微弱无比,不时有疼痛敲击着我的胸膛,仿佛要把胸膛击碎,传出惨烈的哭泣声。我忍不住抓紧了胸口,师父拿下听诊器,我立刻精神抖擞。"你再去听听他的心。"师父指点我,神仙黎小罗乖乖地任我摆布,我刚刚放好听诊器,悔恨的寒意就布满了全身,指尖、毛发,到处是对曾经过错的忏悔,我浑身颤抖起来。

师父从我耳上取下听诊器,慈爱地望着我:"这就是传说中神奇的听诊器,它把病患和我们真实地融合在一起,病患的心灵怎样痛苦,我们就彻底体验怎样的痛苦,这样,下药就可以准确无误了。"我豁然开朗,原来,师父成为最大牌洗心人的秘诀就是,和患者一起痛苦。难怪我只是一只菜鸟,原来我和师父有这样大的差距,我突然间就落泪了:"师父,请帮我洗心。"

师父微笑:"你终于主动要求洗心了,好吧,我亲自为你洗心,洗净你的心灵,你就会拥有博大的胸襟,你将不再是菜鸟级别的洗心人了。"我皱皱眉:"师父,您老人家要是不这么絮叨,应该挺有男人味的。"

师父拿起一支试管,居然是,居然是,我曾经洗过的那支最小的试管,真丢脸,原来我有这样一颗心,狭小、偏执,上面布满猜疑、隔膜,阻碍心的成长。

望着那颗小小的心,我开始在疼痛中昏睡。神仙黎小罗在这个关键时刻帮了我一把,他施展了法力,把洗心的痛楚减到最小,我很舒服地睡着了。

尾声

醒来,映入眼中的,是师父欣慰的笑容,和一地灿烂的阳光。"你终于有一颗博大的心了,从此,你可以做一名优秀的洗心师了。作为对你升职的奖励,这个听诊器我就传给你了,你要记住:选择了洗心这个职业,就意味着奉献、付出,无论多么痛苦都要善待这只听诊器,像善待你的父母,善待你的师父,善待你的姐妹,善待……"师父在谆谆教诲,我开始头疼欲裂:"师父,唐僧师父,饶了徒儿吧。"师父莫名其妙:"哪里有唐僧啊?"

我忍住笑,师父不看《大话西游》,哪里知道唐僧的奥妙。看着终于安静下来的师父,我揉揉发酸的耳根,蓦地想起一个人,神仙黎小罗呢?

"他说要去弥补一个错误,用法力让一个凄美的爱情故事变得皆大欢喜,真是浪子回头金不换,浪仙回头钻石不换,你为他洗去了污垢,他变成了一个超级善良的神仙,这真是一件功德无量的事情。由此也可以得出结论,我们洗心人的职业是多么辉煌、多么伟大、多么无私、多么重要……"

唐僧,我求求你,我头疼!

蔷薇花下，为爱永眠

文◎冷泪

1

生，即意味着永世的黑暗；死，是我们最奢侈的痴想。

在这个只有黑暗的地域，我，伊万斯，已经生活了一千年。换算成人间的年龄，我今年十岁。没错，我非人类，而是拥有人类形体和魔鬼灵魂的吸血鬼 Tremere（辛摩尔）银发皇族的亲王——伊万斯。

五百岁时，我在一场白夜的睡眠中提早醒来，行走在寂静空荡的城堡，漫无目的。乏力的双脚带我来到一个陌生的房间。蝙蝠的浮雕在黑红的门上组成怪异的图腾，红色的眼睛闪烁着妖冶的光泽。

我推开门，房间内传来滴水的声音。然后，我看见了永生难忘的一幕。一个婴儿悬在空中，双手在胸前交叉，双腿收在腹部。他苍白但又稚嫩的脸上，狭长的眼脸,浓密的睫毛,白皙的皮肤不带一丝血色。他是我见过的最妖冶的男婴,即使是在将来以容貌和魔法为荣的Tremere族中我也从未见过。

时间分秒而过,他的眉间浮出一个细长的红色字迹,像是一道符咒一晃而逝:克。然后,然后发生了什么?这以后的五百年,我一直在试图回忆,却再也不能想起,只有一道紫色的光束在梦中穿过。五百年过去,我再也没有找到过那个房间,也没有听说过一个叫"克"的吸血鬼。

直到有一天——

她出现了。

这个被称作"金发圣族的首领"的黑发女子令我十分好奇。此时的我两千岁,已经是吸血鬼地域最高统治者的弟弟。

她脸色苍白,嘴唇干裂,挺秀的鼻上有几道伤口。黑发在烛光中闪动着金色的光泽,就连浓密的睫毛也是黑色的。

伊莱斯若有所思地看着杰森长老:"黑发?"在哥哥伊莱斯统治的地域,只有银发皇族,以及蓝、紫、红四个族类。

"这是金发圣族对毁灭全族之人的诅咒。"

一段纷乱的影像出现在我的脑海中:黑色兜帽漏出缕缕金发,无数圣族战士和异族在激烈地战斗。最后,她用族之筋和异族同归于尽,于是金发褪成黑色,于是背负被全族诅咒的命运。

这就是圣族存在的意义,保护银族的统治。

"她的出现,意味着什么?"我看着伊莱斯,他和杰森交换会意的眼神。

"接下来,就是履行银发皇族和圣族传说中的诺言,帮助她解除诅咒。"杰森缓缓看向我,"寻找圣婴的宿主。"

杰森的瞳仁在我眼中不断放大,浮现出似曾相识的画面:狭长的眼睑,浓密的睫毛,白皙的皮肤不带一丝血色。那个婴儿……

"克……"我喃喃道,没有注意到伊莱斯瞬间深锁的眉头。

优格女生轻小调

3

圣婴诞生于第一代圣族首领的腿骨,被历代银族首领所养育。克,只要找到他,也许就可以解释我遗失的记忆。

夜晚如期来临,我徒步走到城堡外的蔷薇海,这里是唯一不受任何人打扰的地方。从七百年前开始,这里只属于我一个。

"为什么你会在这里?"我冷然看着蔷薇花海中的黑发女子。

她怜爱地抚摸着一朵含苞的蔷薇,道:"也许,你应该叫我情女殿下。"情女乌润的笑眸闪动着晶莹的光彩。我冷然的面孔竟然没法在她面前继续伪装,缓和了神色,我轻声道:"谁告诉你这里的,情女殿下?"

"如果这里的花都是我亲手种植,我想我不会忘记它们在哪里。"含苞的蔷薇瞬间绽放,她狡黠地看着我:"难道它们专属你七百年,还不够吗?"

这是一种很奇妙的感觉。就像七百年前不满伊莱斯对权力的争夺我负气出走,发现这个奇异的世界时的欣喜一样,一种久违的欢喜充盈了我冰冷的心房。眼前的这个女子,就是七百年来唯一让我真正放松的蔷薇海的缔造者。

那么也许,这个承受诅咒的女子同这蔷薇海一样,能够带给我欢喜。

4

奇怪的事接踵而来,领域内闯入了大量的吸血鬼猎人。大量血族被杀害,没有人能逃脱那些猎人的制裁。猎人们不分昼夜地杀戮,在吸血鬼领域引起极大的恐慌。

而情女和我依旧在蔷薇海逗留。我想我是喜欢上了她,这种喜欢来得莫名其妙,却又让人欲罢不能。摇曳的白色蔷薇,飞舞的黑色长发,在我的视线中交织成绚丽的图案。

然后瞬间,风停了,蔷薇海了无生气,情女的头发也垂落下来。

伊莱斯和杰森伴随着一声爆裂突然出现,他们两个人用结界将我和情女保护起来。蔷薇海的边缘传来打斗的声音,然后我看到了一个金发男子,他追逐着一个紫发血族,手中幻化的银鞭如烟,却在族人身上留下难以愈合的伤口。

族人在四分五裂之前冲我们大喊："他们，是一个人！"

银色的光芒渐渐消散，风重新吹拂。猎人瞬间出现在我们面前，月光穿透云层洒在他的脸上：金发银眸，狭长的眼睑，浓密的睫毛，苍白的脸上是冻结般的冷酷。

这就是那群吸血鬼猎人？一个人？强大到被当作团体！

"我一直在等你！奎特！"伊莱斯平静道。奎特？谁？为什么他的眼眸属于银族，发色属于金发圣族？

奎特没有说话，手中重新聚拢的银光暴露出他的敌意。伊莱斯和杰森对视一眼，突然撤去了情女的结界。

"情女！"这是怎样撕心裂肺的吼叫，我痛恨哥哥的无情！心碎一地，情女要死了吗？蔷薇海疯狂地摇摆起来，带着绝望与悲切，而情女依旧平静地冲我微笑，隔着结界和我的手合在一起。

奎特的银鞭以极快的速度落下，却在情女的身上化为乌有。他的脸上第一次显示出惊慌，随后他单膝跪地："主人！"

伊莱斯和杰森什么都知道，原来奎特就是圣婴的宿主，知道强大的他在知道情女的身份之后无法伤害她。可是为什么当我给情女喂食时情女会有那样的反应？为什么杰森会突然出现？那时天空的异象又怎样解释？

心中的疑惑不但没有随着奎特的出现减少，反而越发混乱。这到底和我五百岁时失去的记忆有什么关系？

"主人，我要为你做什么？"这是奎特说的第一句话，声音如湖面结冰般清冷，却在看向情女时眼神出奇地温柔。一时间，很难将他与那个恐怖残忍的吸血鬼猎人联系到一起。

我心里有个角落奋力地抽搐，不安在我体内飞窜。奎特的出现让我有了一种莫名的危机感，这种危机感来自对情女日趋一日的关注与……欣赏。

伊莱斯眼中出现越来越多的担忧，我将这种担忧理解为他对奎特强大的恐慌和对权力的贪婪，却不知道这些年来对伊莱斯的所有误解都在不远的将来完全崩塌。

优格女生轻小调

奎特疯狂地寻找解除诅咒的方法，用他的狂热来吸引情女的注意。而我，只能陪伴在情女身边，在我和她的蔷薇海中等待着诅咒解除之日的到来。

"伊万斯，你知道为什么我要种下这些蔷薇？"情女自顾自地说，"如果有一天，无法和我喜欢的人在一起，我就会结束这永生的生命，永远沉睡在这里。"

我抚摸着月色中盛开的蔷薇："为什么要告诉我？"

月光中情女的眼睛异常明亮："在这个冰冷的世界里，只有你，在我危险的时候真正在意我。阳光，据说是温暖的，伊万斯对我而言，就是温暖的。"

温暖的？我是温暖的？我突然想起奎特出现的那天，情女隔着结界对我的微笑，那时的她已经感觉到温暖了吗？

我的手小心滑过情女近乎透明的脸颊，她的睫毛颤抖着。

此时，蔷薇海的边缘发出一声低沉的嘶吼，奎特面目狰狞地立在那里，身边的蔷薇火烧过般倒在地上。眨眼间，奎特出现在我身边，一道银光在我身上留下深深的伤痕。

"伊万斯！"情女还来不及反应就被奎特封在了结界中，听到情女为我心痛，在这样紧急的时刻，我竟然有些开心。

他在嫉妒，他的银眸变得通红，金色的长发随风狂舞，如烟的银鞭高高地举起。

"不！"奎特的结界瞬间分崩离析，情女挡在我面前，嘴角淌出一丝鲜血。与此同时，伊莱斯和杰森又一次出现，并将奎特击倒在地，奎特的鲜血飞溅到我和情女身上。

"伊万斯，不！"伊莱斯扑到我身边，疯狂地擦拭奎特溅在我身上的血迹，杰森木然的脸上掠过一丝无奈。我颤抖着拭去情女嘴角的鲜血，竟然和奎特溅在我身上的血一样灼热刺痛。伊莱斯紧紧抓住我的手，不让我再触碰情女。奎特挣扎着站起来，在看到眼前的一切之后，一脸了然。

天空又一次变得明如白昼，我惊讶地看到情女的眉心飞快地掠过一个"克"字。然而所有人却注视着我的眉心，情女、伊莱斯、杰森还有奎特。疼痛的感觉越发深刻，失去意识之前，情女的眼泪滴在了我的脸上。

这是一个冗长的梦。梦里的我五百岁，我在一场白昼的睡眠中提早醒来，走进那个房间，看见一个妖冶的婴儿，他的眉尖飞快地掠过一个"克"字。

"你在这里干什么？"是杰森。他飞快地看了一眼那个男婴，惊恐在他眼中弥漫，他冲着我射出一道紫色的光束。

"杰森！你在对我弟弟做什么？"伊莱斯突然出现在门口，我大喊："哥哥，救我！"

我从床上弹起，伊莱斯、杰森和奎特都立在我身边。梦中的，就是五百岁时失去的记忆吗？

"情女呢？这是怎么回事？"

伊莱斯绝望地看着我，没有说话。杰森平板的声音响了起来。

原来，一切都是因为五百岁那年我进入了圣婴的房间，受到了他的诅咒，只有找到另一个宿命中被我克制的族类才能解除。而情女作为金发圣族无形中成为受我克制的对象。所以，当情女接触我的血液之后会有那样的反应。至于瞬间的白昼，是宣布克制链条的成立……

"这就是'克'！"奎特安静地走向门边，看着我如同他下一个猎物，"等你恢复，我就会和你决战！"奎特消失在城堡中，我怔怔地转向伊万斯，突然明白了一件事："你夺取权力的原因，是为了……"

"是为了拥有更强大的力量保护你。"杰森平直的语调有了一些动容，"只有这样，才能拥有整个族域的秘密和至高的魔法。"

"你是我的弟弟。"伊莱斯终于看向我，"为了你，我可以牺牲一切。"

情女依旧不知所终，我的心情越发焦躁。一切似乎都是冥冥中注定，我会进入那个房间，圣族的灭亡，奎特的出现，甚至我对情女的喜欢……

我一个人来到蔷薇海,白色蔷薇在暗夜中肆意地盛放,这里带给我太多的宁静。

"你果然会来这里。"奎特凛然的声音穿透了宁静的夜。

"情女在哪里?"我微笑,惊讶于内心的平静,奎特露出一个生硬的微笑,不做回答。蔷薇海如水波般起伏,奎特手边的烟雾幻化出银鞭。

"伊万斯!"又是伊莱斯!他真是一个称职的哥哥,总是出现在我需要帮助的时候,不过今天,我不要任何人插手。

因为我在等她,我要知道,我对她而言,到底意味着什么。

奎特将我们困在他的结界中,伊莱斯在结界外焦灼于我吃力的防御。我承认我和奎特之间力量的悬殊,但是我可以坚持。如果等不到她,那么死在她的蔷薇花下,也是个不错的结局。

"她是不会来的!"奎特的银鞭重重地落在我的右肩,顿时皮开肉绽,只有吸血鬼猎人,才能将拥有魔法的我们像人类般伤害。外面的伊莱斯用力地咆哮,试图打破奎特的结界。

奎特手中的银鞭放射出夺目的光彩,我的心中充满了绝望。情女,你真的不来吗?

"奎特,放了他。"她终究,还是来了。情女轻而易举地穿过结界,低眉冷冷看着浑身鲜血的我。

"告诉我……"只要情女说,她是真的,我,是她愿意为之长眠蔷薇海的人。那我,可以放弃一切,包括永生的不死之身。

情女的手在空中幻化出黑色的火焰,蔷薇海顷刻化作一片火海。她高傲地微笑,用蔷薇海的毁灭给了我答案!

奎特的银鞭上出现无数倒刺,犹如蔷薇多刺的茎。伊莱斯双目通红地注视着即将受死的、他用尽一切保护的我。伊莱斯,哥哥,这次你救不了我了。

银鞭落下的时候,我感觉不到任何疼痛。耳边传来伊莱斯歇斯底里的吼叫,还有……奎特啜泣的声音。

"情女?"我注视着压在我身上的情女,她的脸上是若有若无的笑意。

"圣族,是为了守护你们而存在。今天,圣族最后的族人尽到了职责……"情女依旧微笑，安静地闭上眼睛。

  从情女昏死的那一刻，我已经做好了决定。城堡中，伊莱斯呆呆地看着满身伤痕的我一言不发。我从容地微笑，看着安静沉睡着的情女。

  "我没想到你会这么做。"奎特的声音第一次对情女以外的人温柔。一道金光将我包围，平静安详。

  "奎特，你会让我看到她的金发，对吗？"奎特没有说话，回答我的是伊莱斯压抑自胸腔的悲痛。我的心里不是不难过，只是在这个冷血的地域，只有我能给她温暖。而她又可曾知道，她早已成为驻进我心头的阳光，在阳光下灰飞烟灭，对我而言，也是一种幸福。

  她很快就会醒来。那时的她将会满头金发，不再承受被诅咒的命运。

  我笑着看向伊莱斯："伊莱斯，你是个好哥哥，一直是。"困意渐渐袭来，我注视着情女渐渐变淡的发色，轻声道："放弃我永生的灵命来解除诅咒，是银族对圣族的承诺。"

  我沉睡在蔷薇花下，

  我爱的人为我播种牵挂。

  我沉睡在蔷薇花下，

  我爱的人有着璀璨金发……

刀锋下的等待

DAOFENG XIA DE DENGDAI

文◎余显斌

1

十八岁,我,如林间的一只小鹿,心里,总荡漾着一缕春风。

那日,在花丛中,我一身白衣,扑着一只蝶儿。风,很嫩;草儿,也很嫩。在青嫩的风中,我也变成了一只翩翩的蝶儿。

黑虎汪汪地叫着,向远处。

在叫声中,你走来,背对着朝阳。

朝阳,把一层毛茸茸的光镀在你身上。你一身薄衫,挎着一把剑,器宇轩昂,如一棵树,山里的一棵松。我的心,一刹那间,被一种异样的感觉击中。

黑虎还在叫,我拦住:"狗儿,莫叫。"黑虎听话地歇住,但仍哼哼着。你走近我,一揖道:"姑娘,有水吗?"脸上,一双青葱的眉下,一双亮亮的眼,望得我的心如小鹿在跳。

我有点儿发愣。

"姑娘,能讨碗水喝吗?"你又轻轻叫一声。

我醒悟过来,脸红了,忙飞回草屋,倒一碗水,你接过,没喝,递给了身边另一个人,一个满面青灰的人,道:"请王先饮。"

那个被称为王的人,接过碗,点一下头,可眼光,始终没有离开我。我再拿一碗,给你。你喝完水,对我点头致谢,然后,陪着那个王一块儿,向马车走去。

远处,人喊马嘶一片。

你对我挥手,在我的目送下,缓缓离开。很远了,你仍回过头,向我招手,把我的十八岁,招摇成一片风景。

我呆在那儿,一动不动,直到爹打猎回来,喊我,我才醒悟过来。

爹听了我的叙述后猜测,那个青年,很可能就是魏国大大的英雄——信陵君;另一个,可能是王,魏王。

"信陵君?"我睁大眼睛问道,"他多大?"

爹摇头,良久,道:"据说二十多岁吧,怎么?"

我忙摇头,向灶里放些柴火,火映着我的脸,很烫很烫。我偷偷望了一眼爹。爹吧嗒着烟锅,良久,一声叹:"惜儿,你也不小了,该找个婆家了。"

我心一跳,不知爹怎么无来由地说这话。

"可惜我们是农家,要是官宦人家,我的惜儿和信陵公子,唉,倒正是一对了。"爹轻叹,一句话,让我产生了一种想哭的感觉。

我说:"这一生,我谁也不嫁,就陪爹。"

爹笑笑,摇摇头,说:"傻孩子,爹终究是要死的啊。"

我听了,心里一抖,我怕爹死。娘死后,我和爹一直相依为命。

可是,虽然我心里怕,爹还是死了。

我眼睁睁地看见一个蒙面人,把雪亮的剑,插进了爹的胸口。爹挡在我的前面,护着我,摇晃了几下,喊:"惜儿,快跑。"

爹!爹爹!我没跑,抱住爹的尸体哭喊。

"天姿国色啊,我可眼馋好久了。"那个蒙面人说着,又向我扑来。就在此时，人喊马嘶，一队人马出现，当头的，就是那天和信陵公子一块儿来的人，魏王。

那个蒙面人一见，扔下我，跑了。

我扑倒在爹身上，大哭起来，可爹紧闭着眼，离开了我，再也没有醒来。十八岁的那个春天，我，变成了一个孤儿。

3

王终于抓到了凶手，拉到我面前。

那个凶手跪在那儿，浑身颤抖，偷偷地瞥了一眼魏王，还有魏王的剑。他告诉我，自己是信陵公子派来的，杀了我爹，然后我孤身一人，无依无靠，信陵公子就很容易占有我。

原来，那日，信陵公子见了我，就默默地开始计划，想将我占为己有了。

凶手说完话，不断叩头，请求饶命。

"我这个兄弟啊，唉——"魏王咬着牙齿，长长慨叹一声，然后出其不意地一剑，刺在刺客的胸口。

"你——你——"凶手望着王，大睁着眼，缓缓倒下。

我有言在先，谁替我报了仇，我就嫁给谁，我必须兑现我的诺言。我没有爱，只有恨，我答应了魏王的求婚，咬着牙，点点头，一身大红吉服映红了我的青春，也映红了我的面颊。泪，却只能往肚子里咽。

那年，我十九岁，成了魏王妃。从此，历史忘记了我叫惜儿，而将我称为如姬。

在堂上，又一次，我见到了你，信陵公子。你一身酒气，踉踉跄跄地走来，面对着我，久久不言，接着一声长长的叹息："心如草，泪如霰，苍天苍天，此情何限？"然后，踉踉跄跄地走出。

"信陵公子醉了，真醉了。"有人说。

"唉，这个大英雄最近怎么啦？"另外的人接口，叹息道。

我的心，一刹那间，一地碎片，我知道，他不是酒醉，是心碎。

4

我毫不犹豫地嫁给了魏王,日日弹琴歌舞,让魏王为我倾倒,为我发痴。

我要报仇,在我的心中,这个念头石头一样稳固。

那个下午,当魏王把那个刺客带到我面前时,一眼,我就看出,那是假的。杀父仇人,即使蒙面,可他的样子,仍深刻在了我心中和我的睡梦中:一双鹰眼,眉毛上,一截断痕,如刀斩过一样狰狞。

魏王抓的那个刺客,是假的。

那天,魏王让他最信任的大将晋鄙一块儿做护卫。当魏王让晋鄙呈上礼物时,我微笑着,对着晋鄙,然后,点头应允。

我的心,在点头的那一刻,已成死灰。因为,永远,我也忘不了,十八岁的那个早晨,一个英俊的公子,一身青衫,带着微微的笑,走进我的心中。

既然,魏王嫁祸于信陵公子,就说明,他妒忌或者暗恨着他的这个同父异母的弟弟。他也一定看出,我情有所属。

为了信陵公子,我也应如此。

明知道前面是火坑,我也愿跳,为了心爱的人。从此,我懂了,飞蛾为什么愿意扑火,因为,它心里有一盏灯。那灯,对我而言,就是爱。

5

信陵公子的消息,仍时断时续地传入宫中。

听说,他去了我所住的地方,一日日徘徊,一声声长叹,他要找到真凶,给我一个答复。而且在派门客,明察暗访。

魏王听了,在宫廷内来回走动,扔了三个杯子,踢翻了两次桌子。经常,我会看到,他召来晋鄙,两个人在一块儿,暗暗商量着什么。

事后,我问起时,魏王一愣,然后笑道:"我准备派晋鄙带兵去救赵呢。

原来,秦军已围了赵国邯郸,赵国使者,车马如电,日日到魏国搬取救兵。魏王闭目不言,但信陵公子据理力争,唇亡齿寒,辅车相依。大臣们,也都靠向信陵公子那边。

无奈，魏王点头了。

至于出征主帅，大臣们一直看好深通兵法韬略的信陵公子。

魏王一笑，摇摇手，否定了满朝意见。理由很简单，"信陵公子乃本王弟弟，不能让他轻身冒险。"一句话，让一殿的大臣都为王的仁爱而感动。

魏王很满意，又举起手，手中是一半虎符。他将授命一位将军，带十万之兵，败秦救赵，这人，就是晋鄙。

一句话，让一殿大臣都大吃一惊。"晋鄙，行吗？他可从没打过仗啊，除了拍马溜须。"大家议论纷纷。

那一刻，躲在殿后的我，心里一片飞雪降落下来，虽然是在夏季。

外界纷纷传言飞入宫中，晋鄙驻军边界，不进不退，不战不和，不知何意。

信陵公子一次次进宫，一次次恳求魏王："赶快进攻，否则，赵国亡了，魏国也完了。"魏王长叹："将在外，君命有所不受啊。"

信陵君望望魏王，还有我，长叹："我们都快要做亡国奴了，惜儿。"

我的心"咚"的一声，泛起层层涟漪。第一次，从他的嘴里，我听到了惜儿这个名字，我的小名，是那么可爱，那么动听。我的心中，微波荡漾。

魏王脸白了，白了又红了，然后一笑道："无忌既然忧国，可带着门客，到晋鄙军中接管兵权，也不枉一番忧国忧民之心，如何？"

"弟正有此意。"信陵公子喜道。

魏王大喜，忙提笔，写一封信，用绸囊封好，递给信陵公子，让他持此信到晋鄙军中，晋鄙自会接待。

信陵公子接过信，深深地望了我一眼，走了。

我低着头，长发遮着眼睛，但我能感觉到他的眼光，相爱的心，是不需要相望的，用情，也能感知。

那夜，魏王很高兴，让我跳舞，自己大杯喝酒，一杯又一杯，酩酊大醉，道："如姬，无忌这小子死定了。"说时，心满意足。

在他断断续续的醉话中，我才知道，在给晋鄙的信中，魏王告诉晋鄙，一旦信陵公子到营,就以私闯军营斩首,不得延误。

"哼哼,想拿兵权,做梦,虎符在这儿,是那么容易得到的吗?"魏王得意地拍着桌子上的一个玉盒。然后,头一歪,打起鼾。

我愣愣地坐在那儿,眼前,仿佛看到信陵公子被杀的悲剧,看到国破家亡的惨象。

烛花爆了一下,把我从沉思中惊醒,外面已是木梆敲过三更,我走到案子前,打开玉盒,一半虎符放在里面。

这,就是接掌兵权的凭信。

这,也关系到一个国家的命运。

我咬咬牙,揣起虎符,走了出去,外面很冷,但我的心很暖。

多少年后,太史公在那部皇皇巨著中说,我是为了感激公子为我报杀父之仇而盗符的。不,绝对不是。我是为我的心,我的心中,有爱情,更主要的,是为了我的国家。

信陵公子没睡,坐在灯下,制订着作战计划,他看到我,站起来,惊喜道:"惜儿,你怎么来啦?"

我默默无言,望着他,缓缓掏出虎符,递到他手中。我的眼睛,始终没离开他的脸。十八岁,我的十八岁的爱情,那个早晨,还有那个青年。

"你怎么流泪啦?"他用手轻轻抹着我脸上的泪。

"快去吧,迟了,王会发现的。"我说。泪,忍不住滚涌。我知道,这一别,从此,再难相见。

"一块儿走吧,王知道了,不会放过你的。"他拉着我手。

我轻轻挣脱手,走了。我还要稳住魏王。刚转过身,我的泪又一次不争气地流出来,走了几步,又回过头。他站在厅阶上,望着我。

"王的信,是让晋鄙害你。"然后,一转身,我消失在暗夜里。

几天后,晋鄙的死讯传进宫来,是信陵公子让手下猛将朱亥用锤击死的,公子全部接掌了兵权。魏王听了,暴跳如雷。眼睛豹子一样望着我,闪着寒光,然后,他快步走到桌案前,打开玉盒,空空的,什么也没有。

他走过来,扬手一掌,打在我的脸上。一缕血,沿着嘴角流下,可我一动不动,微笑着望着他。

"卫士,卫士!"他狼一样嚎。

一群卫士拥进来,他一指我,狠狠道:"绑起来,把这个女人。"

我无言,望着他,良久道:"你杀了我爹,今天,终于要杀我。"

"你怎么知道?"他惊慌地指着我,问。

其实,在看到晋鄙的那天,面对着晋鄙那双鹰眼,和眉毛上一道断痕,我就知道了。一切都是他指使晋鄙干的。晋鄙该死,不只是因为他是我的杀父仇人,更重要的是,在国家濒临危亡时,他冷眼旁观。

我不想死,想等待一个消息。

可是,那个疯狂的王,已经彻底疯狂了,他挥着手,连连喊:"斩!斩!明天午时三刻!"

那夜,在监狱,我度过了人生最后一夜。我的心,却飞向了战场,飞向了那个微笑的人的身旁。我知道,我的生命,会在明天画上休止符。

但我的情,将会流传永远,永远。

第二天,我被押上刑场。四周,人山人海,望着我。

我站在那儿,仍然望着远方,我在等待着一个让我瞑目的消息。

"午时三刻到!"行刑官报时,刽子手高高扬起了刀。

这时,远远有马蹄飞起,一声声高喊随之传来,"我们得救了,信陵公子大败秦军——"报捷声随着马蹄声荡漾,在蓝蓝的天空下回旋。

"开斩!"行刑官喊。

大刀落下,我倒在血泊中。

在意识将走向朦胧中,我看见,一位英俊的将军,一匹马,飞驰而来,一直驰向我十八岁的梦中,一直,一直——

双面绣

文◎顾鹰

1

秦天恩一踏上西华古镇，因长期漂泊而变得像顽石一般僵硬的心，顿时被一种说不清楚的情愫温柔地绕住了。

这古镇就像一方世外桃源，风气淳朴得令秦天恩忍不住有泪流满面的冲动；它又像一个将醒未醒的孩子，睁着一双懵懵懂懂的眼睛好奇地向外窥探着，略显笨拙地模仿着它所未见的一切。

就是这里！秦天恩深吸了一口气，似乎急切地想把西华古镇的精髓一下囊入自己的肺腑。

秦天恩四处打听，然后以破天荒的低价租下了古镇西北角的一间破旧小屋。

"年轻人，那里不是个好地方。我劝你还是多出一点儿钱，换个地方吧。钱财是身外之物，身家性命才是最重要的。"在秦天恩惬意地把画板支在小屋的院子中，眯着眼睛仰面躺在屋顶的一方小阳台上享受着古镇的阳光时，对面一位老妇人从屋子中探出头，好心地规劝着秦天恩。

"大妈，谢谢您，我觉得这里很好！"秦天恩礼貌地谢过好心的邻居，继续闭上眼睛享受屋顶的日光浴。

"过段时间你就会明白了，租住这屋子的人，没有哪个不是失了心魄落荒而逃的，不是大病一场，就是变得痴痴傻傻，没有一个有好下场。"对面的邻居因为好心没得到回应，语气里有些讪讪的。

秦天恩闭着眼睛笑笑，没说话。

这是一间无人问津的小屋，落寞地坐落在熙攘的市井中。小屋的落寞与小镇的热情显得格格不入。

秦天恩每天不是睡觉，就是画画，要不就是背着画板游走在古镇的小巷里。

秦天恩十六岁背着画板离家，一路踏遍了千山万水，但是，像这样一个一眼见了就有一种沁人心脾的感觉的地方，秦天恩从未遇到过。

青砖黑瓦的房子、石板路、小巷、小桥、古运河……这样的风景秦天恩不是第一次见到，但西华似乎有一种特殊的韵味，深深地吸引着秦天恩，让他整日整夜地穿梭于小桥和小巷间。速写本的厚度"唰唰"地与日俱增，一本一本地换，一层一层地不断叠加，秦天恩却丝毫没有倦怠之感。

租住的小屋分上下两层，下面像是一个厅堂，又像是做过店铺的样子，上面是主人原先的卧房，模样虽然一再改变，但从小床边的一只紫檀木绣框来看，似乎这里住过一个女子。一些从前的木质工具，散乱地堆放在一个角落里，只是长长短短的木条，已经看不出从前的模样了。

奇怪的是，紫檀木的绣框中一片空白，什么图案也没有。

手机嘟嘟地响着，秦天恩闭着眼睛靠在床头，并没有理会一旁的手机，只是在心里默默地数着嘟嘟的声音。

此刻，他并不想跟任何一个朋友分享西华。他只想独自安安静静地待在西华。秦天恩觉得这里有他一直追逐的东西，他正在慢慢地靠近它们。

手机响到第十五声的时候，秦天恩拿起手机，按下了接听键。

正如秦天恩所料，电话是妈妈打来的。一般的朋友，响过三声无人接听便会放弃，只有父母才会有耐心守着话机等待。

妈妈有一句没一句地和秦天恩闲扯着，每隔三五天，妈妈就会给秦天恩打一次电话。离家这么多年，秦天恩从没有主动给家里打过电话，也从未回家探望过父母秦天恩的父母在省城经营着一家规模很大的公司，有过亿的资产，他们对秦天恩从小就寄予了厚望，希望儿子长大后能子承父业，并把家业发展得更加壮大。

但秦天恩对做生意毫无兴趣，他从小就痴迷画画，一门心思想当名画家。父亲秦光耀对此非常恼火，想尽一切办法阻挠儿子学画。但父亲越是阻挠，秦天恩学画的念头就越强烈。十六岁那年，秦天恩带着对梦想的渴望和追求，背着画夹离家出走了。

"天恩，你真的过得好吗？这么多年，你没用过家里一分钱，没回过一次家，我们也不知道你在什么地方，你为什么要这么做呢？你是不是一直在恨爸爸妈妈不让你学画画？"说着说着，秦天恩的妈妈在电话里开始抽泣起来，"我和你爸爸都好想你……"

"妈，我过得很好，我没有恨你们。但是，我暂时还不会回去，总有一天，我会回去的！"

年少时对父亲蛮横干涉的怨恨，随着多年的漂泊，已被浓浓的思家情绪所包裹，家的温馨经常时不时地浮现在秦天恩眼前。但秦天恩倔强地认为，现在还不是回家的时候。

因为爸爸曾说过"画画能有什么出息？""画画能赚钱吗？"所以秦天恩一直想证明给爸爸看。

3

终于，秦天恩觉察到了屋子的异样。

他觉得每次走出小屋时，有那么多异样的眼神在他身后扫射，那么多窃窃私语在他身后环绕。原来，一切并非无中生有。

可是，她似乎很狡猾（秦天恩凭着直觉下的定义），存心要和秦天恩玩捉迷藏的游戏。在他想睡觉的时候，她会悄悄地出现；但只要他稍一活动，她便会马上消失。

秦天恩悄悄地找了一个会织网的渔夫，特地让他织了一张细细密密的网。

"嘿，小伙子，别太贪心了，这样的网在我们西华捕鱼可不行，你总得给我们留点儿传宗接代的苗吧!"老渔夫一边织网,一边唠叨。

"放心,老伯,这张网我只用来捕一条大鱼。"秦天恩一边飞快地在速写本上涂画着,一边神秘地对着老渔夫笑。

"哦。"老渔夫点了一支烟,意味深长地瞅了秦天恩一眼。

当夜,这张网果然捕到了一条"鱼",一条红色的"大鱼"。

"哎,你以为你这点儿小花招真能困住我吗?"当秦天恩把一位身穿红色长裙的女孩儿从渔网中"解放"出来时,红裙女孩儿不屑地对秦天恩说。

"那你为什么让我困住你?"对于这样的访客,秦天恩一点儿也不觉得诧异和害怕,似乎这是理所当然的事情。

"因为我对你很好奇。"红裙女孩儿用一副研究的眼神望着秦天恩。

"这话似乎我说才更合适吧。"秦天恩被红裙女孩儿的模样逗乐了,"你来这里干什么?"

"这里是我家,我当然要回来啰。"红裙女孩儿娴熟地捡起堆放在屋角的一堆木条,很快将它们搭成了一个绣架,然后从衣兜里掏出一块崭新的丝帕,绷在绣架上,又掏出一把五颜六色的丝线,穿针引线之后,便在丝帕上游龙走凤地绣起来。

从那儿以后,每天深夜,红裙女孩儿都会如期而至,在小屋里绣啊,绣啊。

一开始,女孩儿总是警惕地和秦天恩保持着距离。女孩儿在楼下刺绣,秦天恩在楼上画画,有时秦天恩也会悄悄地站在楼梯上看着女孩儿刺绣,但彼此互不干涉。

渐渐地,日子长了,女孩儿便主动和秦天恩讲起话来。

"这里曾经住着一对父女,是土生土长的西华镇人。女儿名叫紫阳,从小就学刺绣,遗传了妈妈的刺绣手艺,'绣花花生香,绣鸟能听声,绣虎能奔跑,绣人能传神',凡是紫阳绣出的东西,都是镇上最抢手的工艺品。刺绣是紫阳全部的生活,她每天想的事情是刺绣,每天做的事情是刺绣,每天看到的也是刺绣,刺绣便是紫阳的世界。"

"这样的世界,未免也太单调了吧。"秦天恩吸了吸鼻子。

"你不也是如此吗?画画,画画,画画……你的世界不也只有画画吗?"女孩儿反问。

"我不一样,我每天都在行走,我的世界大着呢!"秦天恩一板一眼地纠正。

"紫阳不是也在不停地行走吗?小桥流水,亭台楼阁……小镇千年的风云变幻,都在紫阳的针线下游走,谁能说她的世界只是这三尺见方的绣架?"女孩儿的眼神悠远绵长起来。

5

红狐是紫阳用情最深的一件绣品。

自从在十三岁的一场梦境里遇到了那只红狐,紫阳便开始绣了。紫阳断断续续地绣啊,绣啊。

紫阳十岁就在小镇名声鹊起了,找她买绣品的人多如牛毛,如果全部答应,就算紫阳整日整夜不吃不喝不睡也忙不过来。

紫阳从不答应任何人的约请,她只绣她喜欢的,然后放在屋子里。来的客人看到有喜欢的,便可买走。

"为什么要断断续续地绣呢?"秦天恩不解地问女孩儿。

"因为她在思考。"女孩儿的眼神开始蒙眬起来,"紫阳一直希望能把红狐完美地绣出来。完美——那是需要智慧、勇气还有幸运才能做到的事情。"

"那她做到了吗?"秦天恩不知为何,对这个答案一直很好奇。

但红裙女孩儿似乎并不急于告诉他答案。每次秦天恩问到这个问题,她都笑而不语,或者干脆来一个轻轻的叹息。

6

"你为什么要每天深夜来这里绣呢?"秦天恩终于把心底最大的疑问向女孩儿和盘托出。

"因为我在帮紫阳完成她的愿望。"女孩儿冲着秦天恩微微一笑,灿若星辰。

女孩儿绣得极好、极用心,每一针、每一线都是仔细思量后才下针。但每次她要离开的时候,总会把这一整夜所有的心血都剪碎,然后叹息着离去。

秦天恩发现,她每天都在绣一个女孩儿,一个和她一模一样的红裙女孩儿。

"你在绣你自己?"有一天,秦天恩忍不住好奇地问。

"你觉得她和我像吗?"红裙女孩儿反问。

"不像。"秦天恩老老实实地回答。

"哪里不像?"女孩儿好像生气了,瞪了秦天恩一眼。

"我……我实话实说嘛。"秦天恩吐了吐舌头,快步踏上楼梯,"你瞪人的样子可不好看!"

"秦天恩,你下来!"红裙女孩儿在楼下跺着脚喊,"你快告诉我,我们哪里不像?"

"除了衣服一样,你们一点儿都不像!"秦天恩似乎故意要逗女孩儿玩,就是窝在楼上不肯下来。

"也是,我和她根本不是一个人,又怎么会像呢?"红裙女孩儿怔怔地望着绣架,喃喃地说着。

"不过说实话,我怎么越看越看不清这女孩儿的面容啊!"秦天恩也在楼上喃喃地说着。

"唉!"秦天恩听见女孩儿在楼下叹了口气,"这正是我每次都把它销毁的原因。"

"秦天恩,你告诉我,你快乐吗?"有一天,红裙女孩儿突然问道。

"怎么说呢?"秦天恩把双手支在脑后,靠在一张椅子上,"我原先很快乐,但是现在越来越不快乐了。"

"为什么呢?是不是你的生活越来越不好了?"

"不是。从前,我背着画夹离家的时候,口袋里的钱买了车票后便只剩下十几块了,那时候我饥一顿饱一顿,但一路追寻着我的梦想,我每天都很快乐。"

"你的梦想是什么?"

"画画啊,能自由自在、无拘无束地画,画我所见、所闻、所想,多好啊!"

"那你不是一直在这样做吗?为什么现在不快乐了?"

"因为我总想成功,想证明给我爸爸看。"秦天恩舒展一下筋骨,似乎想把什么东西从他身体里赶出去,"现在,这些东西老是重重地压着我,让我觉得很累、很痛苦。"

"成功是什么?"

"成功……就是举办很多很多的画展,拥有很多很多的粉丝,拍卖会上你的画能拍出一个天文数字……"秦天恩闭眼睛,痛苦地说着。

"你成天想着这些事情,怪不得会痛苦。"红裙女孩儿一脸嘲弄。

"那你告诉我,我怎样才能不痛苦?"秦天恩被红裙女孩儿的样子激怒了,他冲女孩儿低低地吼了一句,然后抓起女孩儿的衣袖,把她拽到了阁楼上,"你来看我的画,我每天都那么勤奋,我可以自负地说,我比任何一个年轻人都要勤奋,可是,为什么我总是不能成功呢?"

小小的阁楼里,堆满了大大小小的画纸,散发着一股浓浓的颜料的味道。

"不是说天道酬勤吗?为什么我看不到我前方的出路?"秦天恩发出一声困兽般的低吼。

红裙女孩儿并没有低头去看那些画,她只是轻轻地嗅了阁楼里的空气:"我在这里闻到了很多乱七八糟的味道。我记得紫阳一辈子都活得很平和,她每天都在一种淡淡的喜悦中度过,因为,她的世界只是刺绣的世界……"女孩儿说完,转身离开了阁楼。

红裙女孩儿离去的那一夜,终于绣好了她心中的女孩儿。

或者说,她绣好了,所以要离开了。

"我是紫阳针下的那只红狐狸。"红裙女孩儿告诉秦天恩,"为此,紫阳耗尽了她所有的心力,所以,在我来到这个世界的时候,她便离去了。有时候我想,或许紫阳是因为完成了她最完美的作品,她的激情、她的感觉都消失了,这世间不再有能唤起她心间涟漪之物了,所以,紫阳离开了。我每天出现在这里,是因为我想报答紫阳,是她把我带到了这个世界,并给了我不灭的灵魂。现在,也是我该离开的时候了。你是我在这间屋子里见到的唯一不贪婪的人。太多太多的人,都那么迫切地想去占有不属于他们的东西,而把身边的美好生生地抛弃了。秦天恩,希望你能真正地找到你的快乐,并把快乐传递给别人,祝福你!"

红裙女孩儿说完,将一幅绣品塞在秦天恩的手中,然后挥了挥手,渐渐地淡去,最后像一缕烟雾般消散在空气里。

秦天恩展开手中的绣品,只见白色丝绢的一面绣着一只全身火红的狐狸,而丝绢的另一面,则是一个穿着一袭红裙的年轻女孩儿,女孩儿的面容清秀明朗,她恬淡地笑着,神态安宁……看着看着,秦天恩的心头也不知不觉地升起一股从未有过的感觉……

第二天,秦天恩带着他所有的画稿,离开了西华古镇。

据说,秦天恩回到了他在省城的家。

据说,秦天恩的父亲打算让儿子出国深造,学习油画,但秦天恩婉拒了。他进入了父亲的公司,从底层的小职员做起,慢慢做到了管理层,最终成为让父亲满意的接班人。

至于秦天恩后来有没有放弃他最热爱的绘画艺术,那就不得而知了。

很多年后,在某个大型国际画展上,一幅未标注画家名字的名为《双面绣》的油画吸引了所有宾客的眼球。画作从左边望去是一位红衣少女在伏案刺绣,从右边望去是一只红狐在穿针引线……

意林"上学那些事儿"精彩继续

"上学那些事儿"书系开启"中国非主流教辅"的先河!
从幼儿园到大学,全面关注学生的学习和生活,是家庭必备的学习、生活指导类工具书。

读书 聆听古今读书人,道尽天下读书事。

女生 打好青春预备役,成就未来小女生。

安全 安全意识不可忽视,生命教育迫在眉睫。

人生 人生规划,从中学时代开始!

男生 打破"男孩危机",安全度过青春期。

重磅作品

意林少年励志馆
山海经

"杨红樱的接班人"墨清清潜心之作。

连载98%好评，读者、家长、老师联袂推荐

向凡尔纳致敬之力作，中国版《地心引力》。

封面以上市为准

《鲛人之泪》 作者：墨清清、周飞

中国版《夏目友人帐》，新一代萌男夏天，勇敢面对《山海经》群妖，一一破解危机。还等什么？《山海经》里的妖怪逃走了，和少年夏天一起捉妖吧！

定价：19.90 出版社：吉林摄影出版社

《太古密经》 作者：喻昊

一部没有文字时代的山海图，记载着人类什么样的秘密？一次考古之行，让前无古人的发现陷入惊心动魄的困局。一支"山海经"考古队发现了闻所未闻的"山海神殿"，就在"山海经"即将揭开谜底时，他们遭遇了劫难……

封面以上市为准

《穷奇之惑》 作者：墨清清、周飞

本书将传统文化精髓《山海经》进行了重新解读，与现代少年奇幻冒险故事进行紧密结合。在精彩爆笑的故事中，恰到好处地融入了《山海经》的知识点。少年夏天的捉妖之旅继续火爆登场，而穷奇的困惑又是什么？